U0104151

大專用書

蓮蒂詩林

章山題耑

徐世澤、張夢機
邱燮友、許清雲
黃坤堯、潘麗珠 合著

萬卷樓

序

邱燮友

一

　　詩歌是詩人心靈的獨白，詩人將心中所思、以及所見、所聞、所感，借語言文字，記錄下來，便成詩歌。詩歌與音律結合，成為富有音樂性、繪畫性、建築性的文學，因此詩歌是精美的文學。我國詩歌，從《詩經》開始，繼而經時空的轉化，由四言韻語的四言詩，化為五言詩、七言詩，是為古體詩或樂府詩。到了唐代（618-906），又發展五、七言的近體詩，便是絕言與律詩。並由齊言詩，衍化為長短句的詞曲。

　　當現代詩歌，提倡以口語入詩，就如同朱自清所說的：「理想的白話文是上口。」於是口語化的詩歌，便成了現代流行的新詩。我們在六年前，結合會寫古典詩，又會寫新詩的詩人，聯合在一起，出版《花開並蒂》詩集；如今「並蒂」系列的集子，有《並蒂詩花》、《並蒂詩情》、《並蒂詩風》、《並蒂詩香》，每年一本，到今年，稱為《並蒂詩林》、已是第六本「並蒂」系列的詩集。

二

　　《並蒂詩林》集結了張夢機、徐世澤、邱燮友、許清雲、

黃坤堯、潘麗珠等六家詩篇，包括各家的傳略、詩論一則，以及新詩、古典詩各三十首左右。張夢機已謝世，他的遺稿，由徐世澤先生將他生前的作品，加以整理，這份資料，甚為珍貴。張夢機擅長寫律詩，甚至中風後，居住在新店寓所，稱為「藥樓」，依然在病中，還不停創作古典詩，可知詩人生命力的堅韌。

其次，徐世澤先生，本業是醫生，曾任榮總院長，退休後，仍然熱衷於新舊詩的創作，可說是異類。他除了醫術外，還會寫詩，詩的內容，除了人情世故外，還涉及醫院內所見聞的事情，擴大了詩歌的視野，含有悲天憫人的懷抱。

至於如本人、許清雲、黃坤堯三家詩，各家有各家的風格和特色，也是將一年來所寫的新詩和古典詩，累積成篇，作為一年來成果的報告。至於《並蒂詩林》中，特別邀請臺灣師大潘麗珠教授加入並蒂的行列，她是教詩詞的，因此我們特別將她的古典詩詞，列入本集之中，算是新增的新力軍。並蒂詩系列已出版到第六本，每一次出版資金，均由徐世澤醫師支援，其熱心詩教，任人感佩，在此表達敬意。

三

詩人為甚麼要寫詩，就好比鳥為甚麼要叫、花為甚麼要開一樣。他們為了尋找生命的意義，進而追求生命的價值。人的生命是短暫的，是個過客；但他們的作品，一定比生命更長，

就如同《易經》所說的：「天行健，君子以自強不息。」在日夜交替中，循環不已，因而生生不息，延續永存。詩人像追風族，與風競走，自我挑戰，如同印度詩人泰戈爾所說的：「天空沒有留下翅膀的痕跡，但我也曾經飛過。」詩人為了反映時代，反映現實，或者把他們的想像，用賦、比、興，寫下一首首詩詞，讓人品味，讓人反思，使詩壇生生不息，永遠流傳。

目次

作者出席《文訊》重陽敬老餐會

江蘇東台（興化）人，一九二九年三月十三日生。國防醫學院醫學士、公共衛生學碩士，曾赴美、澳、紐等國考察研究，十四度代表出席世界詩人大會，足跡遍布六十四國。旅遊挪威北部時，親見「午夜太陽」。曾任醫院主任、秘書、副院長、院長，雜誌總編輯等。作品散見各報章雜誌，並列入世界詩人選集，出版中英對照《養生吟》詩集、《詩的五重奏》、《擁抱地球》（正字版、簡字版）、《翡翠詩帖》、《思邈詩草》、《新潮文伯》、《並蒂詩帖》、《健遊詠懷》（正字版、簡字版）、《新詩韻味濃》、《花開並蒂》（合著）、《並蒂詩花》（合著）、《並蒂詩風》（合著）、《並蒂詩情》（合著）、《並蒂詩香》及本書《並蒂詩林》等。

曾獲教育部詩教獎。現任中國詩人文化會副會長、中華詩學研究會理事、中華新詩學會監事、中國詩歌藝術學會理事、台灣瀛社詩學會常務監事、《乾坤詩刊》社副社長等。

作者贈書給美洲校友會長 Dr. 張梅松

作者在陽明山大屯公園小憩

·詩　論·

·新　詩·

·古 典 詩·

新詩韻味濃

徐世澤

　　一九九六年藍雲先生要辦一份新（現代）和舊（古典）並存的《乾坤詩刊》，周伯乃先生任社長，邀我任副社長。我掌握機會，每期都寫現代詩和古典詩發表。當時我寫的現代詩不成體統，編輯們就為我修飾，勉強刊出。接著由潘皓教授、麥穗先生推介加入「三月詩會」，漸漸地知道重視「營造意象」、「適切比喻」、「想像力豐富」和「詩的語言」了，同時，我也參加「春人詩社」，得方子丹、鄧璧、江沛三位詞宗對古典詩的指導。二○○五年一月瀛社詩學會理事長林正三兄特別推薦我向詩學大師張夢機教授請益，張教授俯允為拙詩推敲刪改，並正式授課，學了五年半，印行《健遊詠懷》一冊。古典詩也寫得接近成熟了。二○○七年，國際知名詩人林煥彰兄接辦《乾坤詩刊》，對我的兩種詩很感興趣，時賜教益，曾有兩年為我開闢專欄「現代詩與古典詩對話」，引起現代詩人的閱覽。至今年止，我從事兩種詩體的寫作，已逾十八年。七年前，有《花開並蒂》出書的念頭，而今與邱燮友教授、許清雲教授等，連續出《並蒂詩花》、《並蒂詩風》、《並蒂詩情》、《並蒂詩香》等，最近正編印《並蒂詩林》中。

　　現代詩的知名詩人，所發表的巨著，大多已有想像空間的語言美，古典旋律與現代節奏的融合美，已能選擇暗示性強的

象徵和比喻，並帶有抒情性，目前尚未找到一條大家認為可行的主要形式和規範，使初學者有所適從。現在的現代詩，是以美學透過那抽象的具象，著重意象、象徵、比喻、聯想、想像力，勾勒出一種動人心弦的意境和情調。雖然分行分段大體整齊，具有藝術性，大多詩人卻未重視音韻節奏，無法朗朗上口，令人難以記憶。只能說它有機會和宋詞、元曲一樣，先作好幾種固定的範式，再經過多人接受、喜愛，試寫，成為眾多詩人學習模仿的對象，才能定型，才能成為二十一世紀的新創詩體。

二〇一三年大詩人林煥彰，要我另闢蹊徑，試寫「韻味詩」，表明自己的寫作風格而成的。韻味詩形式上有來自宋詞的架構，但已脫離平仄聲及合韻的僵索，而押韻有點像京劇、越劇的唱詞。行數以八行、十二行、十五行、十六行居多。段數分成兩段至五段，詩句是捕捉日常身邊極平常的事物和景象，以韻味手法，表現了景物的特質及我的感受。捕捉物象的真善美具象，透過聯想與象徵，關懷人間萬象變化，而開啟形式與唐詩、宋詞、元曲接軌，承先啟後，藉以宏揚中華詩學。

因我是醫師身分，特以親眼所見、親身所察的醫療狀況所作的題材，將所領悟到的感觸，加以發揮而成詩。可惜不合乎韻味，只能說是敘事體，喚醒一般人心靈的感受，讓讀者心中留下深刻的印象和改進醫療上的觀念。

總之，韻味配合簡短淺顯的文字，增強了記憶，也是一種新的嘗試。韻味有如茶香，餘味不絕，供人再三咀嚼。我在七

年前，曾出版一本《健遊詠懷》古典詩，今特再出版一本《新詩韻味濃》，以表現我所建立的專屬的詩作風格，能否推廣傳世，有更多的人學樣寫作，而加以改進，分行分段更整齊美觀，讓讀者有更多的視覺和聽覺享受。如能僥倖成為新詩體，那是我百年以後的事了，留給中文系所教授、文學博士們再努力創新吧！

2015 年 3 月 12 日

模特兒

新裝一襲裹細腰
蓮步輕移臀股翹
掀動酥胸展娥眉
回眸淺笑，意在促銷

玉體透露薄衫中
扭動腰肢隨風搖
花容月貌飄香氣
路人驚艷，都說窈窕

北海岸風箏

明媚春三月，風箏節
在北海岸石門舉行
憑借東風，離地仗線牽
魚蟲小鳥百態，飛上青天

輕盈體態，飄飄欲仙
眾人抬頭仰觀樂陶然
舞姿惟靠風吹動
風力衰竭，搖落爛泥田

樹，逃過一劫

面對斧頭與鋼鋸
樹想飛
上天憐憫為它下一場大雨

眾鳥高飛盡
樹淋著雨
狂風將雨朝工人身上吹

工人全身是水
怕淋雨感冒
只好收拾斧頭與鋼鋸……

相　簿

越久越發黃，成一堆廢紙
雖說青春藏在此
只是回憶老人的往事
那好景值得留念
不忍丟棄

這本個人史料
不管站或坐，幾乘幾
再也走不出這裏
總之，它要和我在一起

兩千年石柱

穿越希臘羅馬時代
狼煙烽火甚巨
默默屹立
流著歲月的淚水

傷痕覆著傷痕

淚跡蓋著淚跡

兩千年石柱

挺著時代的風雨

蒙著歷史的雲煙

巍然不墜

後記：希臘雅典衛城山上的神殿、土耳其戴丁瑪神殿，殿前均只
　　　留了幾根石柱，而列為世界級古蹟。

又相遇

上週日，我遇見你

在翠綠林間

如情人般若有所思

傾聽琴師的唧唧吱吱

呼我同享，滿心歡喜

今天，我又見你

在寂靜山徑

似逃家小弟

看你那麼垂頭喪氣
讓我覺得你似被遺棄

北海岸思鄉

緩步徜徉，北海岸
浪花拍打堤防，朵朵歡唱
遊客駐足，留連忘返而西望

孤帆遠影，遠影孤帆
蕩起東海上的波光
粼粼如矽砂，在水面上蕩漾

有一對老夫婦
坐在人行道旁
回憶往事滄桑

而我，一直眺望西北的遠方
將六十六年的思念
留在台灣，台灣也是故鄉

同意安寧療護

全民重視安全療護
讓病人度過有尊嚴的
人生的旅途
醫師要有同理心
若病人昏迷，應予拔管
減少不必要的痛苦

適時放手，才是真愛
讓病人的自然離去
減少無效醫療
病人有權自己可以簽署：
不施行心肺復甦術
放棄維生醫療同意書

上蒼眷顧——給智能不足兒

發育遲緩的孩童
大頭水腦，面目舒張

顯得天真幼稚
幸好他的母親慈祥

這個孩童，隨時都在
注視母親的動向
寸步不離；不亂跑，不欺妄
回答母親的話，卻得體高昂

低能兒也能學會照顧自己
成天依在母親身旁
得到更多母愛的呵護
算是上蒼給了他的補償

盛女怨

回家沒有家人
有鑰匙才可進門
居家安靜得像教堂
家具擺設似新婚
間有小狗聲
跟著她獻殷勤

高雅純樸、麗質天生

走上街頭會吸睛

間有男士擦身而過

總無緣贏得芳心

而今，孤獨深鎖在閨房

不知白馬王子在何村？

千里姻緣

小玲真美，極優秀

而立不惑，芳心寂寞

春天來了，雷勾動地火

迅速墜入愛河……

電腦姻緣無限牽

遠距戀愛，情詩吟哦

男方相思求見面

747 送來一位北方大帥哥

卿卿我我

在陽明山櫻花見證下

他們決定偕老合歡
婚禮上的她，連續喊兩聲：
"Yes, I do, I do ."

天母廣場

天母原是美軍駐在地
廣場是最佳的展示場
週末人擠人逛貨攤
滿足物美價廉，欣賞超多樣

美國學校，日本僑校
就在馬路旁
美日國旗和我國旗並立
日日在樓頂隨風飄揚

義大利麵，日本壽司
滬杭菜館，無處不飄香
飢餓的想望
兩分鐘就可進食堂

友情可長可久

在頻繁移動的日子裏
有了孤獨美好的旅程
卻遇到一個帥哥
同遊幾天，他倆都天真

以為一切都是這樣
幻想艷遇的都會成婚
一見鍾情最新鮮
不會有分手的事發生

那知，愛情是短暫
單戀的簡訊常無回音
友情才能可久可長
只要談得來，何妨淺入深

我心要安寧

有時安寧如江河浪靜

有時憂傷恰似海上浪險
不論身處何境
我心一定要安寧

歹徒雖來侵
歹運雖來臨
只要我放得下財物
可保平安而脫險

我願照護弱勢族
讓他們看到人性的光明
只要他們上進
我心必安寧

孤寂和煩憂

一個模糊的印象
穿透落地玻璃窗
有冷風吹撞

臉像白雲　貧血蒼黃

額頭糾結　孤苦淒涼
豎起耳朵　諦聽遠方

遍地血腥味　人心惶惶
煩憂被砍的表情　令人沮喪
像一株枯樹怎能抵擋瘋狂

度著每日同樣顏色的歲月
折疊在生命年輪裏的哀傷
面壁冥思　裁詩送夕陽

謁光舜亭

對蔣公的健康貢獻不凡
延壽四年，使台灣平安
不料他自己只活五十幾歲
喪禮理應超過一般
榮總在陽明山建光舜亭
讓雲霧在他胸中穿梭無遮攔

西邊景觀是名軍艦岩

秋風悠然穿過又轉還
四十餘年林木森森陰氣重
碑文斑剝，青苔滿佈不易看
子孫在美難得返台
我謁光舜亭，不禁為他興嘆

註：盧光舜醫師，一代名醫。一九七〇年在美邀請心臟科名醫來
　　台，為蔣公診治，延壽四年，使台灣政局安定，影響深遠。

感時傷心

春節過了，回到真實的台灣
媒體誤判，令人嗟歎
把做壞事的惡人，當好人看
把違反原則的叛徒，當好漢
把堅守原則的君子，當傻瓜玩

薪水不能調高，生兒育女
無力負擔
盜賊詐騙天天有，竟有人想
在牢裏吃閒飯

食品常疑造假、摻毒
更令人飲食不安

這社會變得衰弱病殘
生無生趣，死也不甘
一般人想要移居海外
生活比台灣更難

生　活

歲月流逝，塵土湧上心房
日子如梭穿行順暢
鳥兒愛盆花，在窗外歌唱
藍天白雲如游魚
庭園中桂花飄出芳香

今天握在手裡的，有
燦爛的陽光
早餐燕麥豆漿，供給熱量
大街上人來車往
我要過馬路，還是很緊張

遠去的克難不再，經濟飛揚
近來的金融風暴，物價翻漲
我只安靜地過著簡約生活
散步寫詩，細數一天的消逝
夜晚在睡夢中徜徉

桃子的心

桃子，倒置
人心模樣；
人心，最好
置在你我兩字中央。

霧裏桃子豐韻淌
無聲的綠葉更顯茁壯；
春風輕拂，映著人面桃花
塵土不染甚清爽。

愛使生命有意義，
喜悅出自智慧光芒；
智慧往往來自苦難，

需要用心培養。

粉紅的桃子可以品嚐，
人心得化成桃子，
助人融化困惑憂傷。

九十不算老

姨兄越洋拚經濟
雖然伸不直腰
今年九十仍精神矍鑠
親友皆不覺他老

看路旁大榕樹三丈高
綠葉婆娑，滿面長鬚
樂當巨傘把暑消
不因強風暴雨而傾倒

養老院裏張伯伯
名列人瑞，年高德劭
日夜冥思，常哼黃梅調

一點也不覺無聊

人過九十
仍能硬朗屹立的甚少
總因老化多病
不斷被吃藥打針煎熬

人生縮影

黃色小鴨在浪裏流淌
平安歲月
如江河浪靜
憂傷時光
恰似海上風險

她本來過得閒靜，可撫慰人心
卻因無預警的熱脹
炸成兩半，趴在海面
飽滿的幸福底下
無比空虛與不安寧

傷口一經縫合，又微動起來
如昏迷的人恢復清醒
人生註定在風浪裏
擁有一剎那的美景
黃色小鴨頗似人生縮影

陽明山松

氣勢巍峨高山松
雄枝挺拔傲蒼穹
一年四季，不改長青色
依然碧綠蔥蘢
盤枝錯節，綠葉似針
分飛松籽，依崖穿石中

傲骨生成不折腰
葉茂枝繁不畏風
迎霜鬥雨，志在碧空
歲寒險峰，有松濤在吟誦
她娓娓細訴，剛直不屈
配合著山澗流水淙淙

文人取意賦佳句
詩情畫意韻味濃
歲寒願與梅竹友
論壽常與仙鶴同
親楓、熏風不著紅
水土保持，須她阻雨山洪

姜必寧教授八六壽筵

戀愛碧潭泛小舟
樹蔭任飄浮
纏綿悱惻，兩情相悅
欲語還休
快意台北盡興遊
雙雙畢業後，力爭上游

兒女成家立業後
心臟專家第一流
三位總統御醫辛勞
有賴夫人相愛而無憂
伉儷情深手牽手

環遊世界，常憶笑回眸

姜府瓊筵八六秋
壽燭輝映，夫人儀態溫柔
姜兄一吻彩照長留
夫人閉眼，口含甜笑
六十六年知心悠悠
福壽雙至一生修

杜鵑花

逢春怒放發萬叢
風光旖旎映山紅
野嶺荒丘紅欲滴
燦爛枝頭傲蒼穹

初夏艷蕾千枝大若盅
卻有清香引蝶蜂
風來可看霓裳舞
暗霧凝結霧珠爭寵

遷至庭院傍圍牆
幽香奇特賴和風
夜月增輝淨俗塵
我憐子規泣血紅

良醫問診 　楊五常主任讚

醫師患者相見歡
治好身心疾病有幫助
想要當他的病人
得有時間讓他全神貫注
他會悉心細細解說
各種檢驗報告和你的傾訴

他把腎臟科當成專業興趣
親切問診，溫馨叮囑
控制血壓，糖尿及蛋白尿
讓你心上如釋重負
定期追蹤把病情穩住
延緩腎臟惡化的速度

凡曾受惠者都知道
低蛋白質的攝取
以及少鹽、少油、少鉀
避免感冒、亂用藥及勞累
健康獲益、莫不銘感肺腑
世有良醫，患者至福

榮總的老榕

北風不減巨幹挺立
春雨猶添茂密樹容
頸伸粗臂，鬱鬱蔥蔥
撐蓋鎖長天，任電劈雷轟
長鬚拖地，綠葉婆娑
夏天來臨，樹蔭濃濃

五十棵老榕
樹立在台北榮總
走過石牌路二段的人
都曾仰望參天蓋地的樹叢
一座百米長的綠隧道

毫不影響上萬人的交通

老榕披陽迎雨一甲子
歷經滄桑，閱世深重
見過民國六位總統
及上千克難戰鬥英雄
坐在樹蔭下的白頭翁
樂當導師，諄諄教導學童

夢幻情人

羽香儀態端莊
適婚找不到好對象
下班後又嫌夜長
上網交友物色情郎

加拿大的建築師
豪情灑脫，舉止大方
為了要見她一面
專程回國，真情流露喜若狂

原來孤獨的他
挑剔女友異常
要氣質高雅，性情豪爽
還要同意遠渡重洋

她能傾意，愛湧心房
良緣天定，留影雙雙
而今，共築愛巢在異鄉
享受楓紅歡樂好時光

激情之後

兩人熱戀，死去活來
女方新裝露玉腿，淡掃娥眉
風情灑脫多自在
輕顰淺笑柳眼開

男方身高一八零
西裝革履，博學多才
出手大方，經常外食外帶
情投意合，談得來

三年後互許終身
問題出在三餐，善後洗碗筷
男方面有難色
不好好清洗流理台

激情在現實生活裏
逐漸冷淡，難以釋懷
一些雞皮蒜頭小事
弄得不愉快，揮手 bye

外婆甜蜜的追憶

滿頭銀髮的外婆
帶著微笑而抱怨的語氣
說跟外公牽手散步一輩子
到老了還要她服侍

86 歲的外公聽了很得意
外婆表示過去把他照顧得
無微不至
才有這樣棒的身體

沒想到一波寒流來襲
外公中風就過世
不久，外婆獨行
跌斷了腿，只好坐上輪椅

如今，外婆才回憶
外公在世時她有所依
每天生活總是神采奕奕
日日都有盎然的生機

外婆還說，只有在外公面前
才活得自在而有意義
有時鬥鬥嘴，也能互愛互諒
在子女面前若無其事

金　錢

金錢好似窈窕娘
送往迎來會亂主張
莫怪世人多拜金
人間百事不離錢糧

民生國計全勞它營轉
正義公民求財有良方

取捨錢財審知法度
量入開支不致恐慌
肩挑叫賣賺小錢
總比屈膝乞討強

豪門庫滿自然通神
誤把紅包如神靈光
邪門謀利不顧法紀
貪吝的人飽入私囊
為了好色而貪污枉法
人死財丟，那才真荒唐

為了家積錢財而遭劫殺
盜匪凶狠喪天良
最好是高官遠離銅臭
讓芸芸庶民高聲讚揚

新詩韻味濃

八七高齡能寫詩，新詩押韻試初為。
闢蹊小徑行非易，一百餘篇解釆頤。

茉莉花開

茉莉花開雪白嬌，人群吶喊撼雲霄。
欣聞網路婉君起，掀此民權第四潮。

三　通

口不生津食不思，牽腸掛肚便遲遲。
復因尿液難排出，欲想三通速就醫。

八六感懷

米壽將臨豪氣留，耳聰眼快又何憂。
腦筋清晰仍揮筆，廣結詩緣無代溝。

詩化人生

樂活暮年愛寫詩，成群餐敘創新詞。
詞宗社友同吟唱，多動腦筋防老癡。

病中自勉

其一
年華老去應知趣，不解養生怪病何？
來日無多該樂活，減輕症狀賴吟哦。
其二
衰遲不敵病來侵，往事經常夢裡臨。

枕上吟詩聊自勉，病房整日有餘音。

斜陽伴讀

斜陽反射北窗臺，品茗清香把卷開。
翻閱文章才五頁，紅霞光自院中來。

問　月

此事何從問月光，嫦娥離席往何方？
霓虹狂奪清輝美，商隱教余愛夕陽。

夜夢還鄉

久違故里夢中還，縱目徐莊非昔顏。
只有鄉音仍未改，衰年常憶舊關山。

獨居老人

殘軀何忍話當年，昔日風光逝似煙。
孤獨寂寥誰照護？病魔作伴枕難眠。

強改姓氏

幸好面龐同老父，接收遺產莫須愁。
生逢亂世聽人喚，兒本姓曹今姓劉。
註：老友曹廠長在故鄉與元配生一子，到二○○一年其子才和他
　　在香港見面。其子說因當時處境，改姓劉。幸好兩人面目相
　　似，接收在臺遺產未發生問題。

嘮　叨

絮語叮嚀當唸經，尋常對話已成形。
年華老去溝通少，往日溫情似棄瓶。

高雄氣爆

高雄氣爆六公里，二聖三多淪火場。
馬路受災成峽谷，房傾車毀百人傷。

七月登陽明山

空氣新鮮曉翠微，滿園蝴蝶逐花飛。
陽明山上尋詩趣，樂聽螽斯盡興歸。
註：大屯自然公園有「蝴蝶谷」活動。另森林中有螽斯和蟬的合
　　奏聲。

模範父親自吟

其一
宏揚詩教舞吟毫，風雅杏林氣自豪。
兩性平權先約定，睦鄰互愛助賢勞。

其二

模範父親今現身，靜觀俱是善良人。

肚皮舞技娛耆宿，彩扇騰飛更入神。

註：二〇一四年八月二日，榮獲當選「模範父親」自吟。

姜必寧教授八六壽筵

其一

八六壽筵紋似浪，樂觀行善喜洋洋。

身心俱健人豪爽，且可開懷吻夏娘。

其二

夫人閉眼展眉蛾，吻後口含甜笑窩。

伉儷情深超甲子，姜兄愛感唱情歌。

中秋即興

皓月清輝灑滿樓，家人團聚度中秋。

蟾宮淨土無烽火，總覺嫦娥欠自由。

受騙老人

子女離家為賺錢，空巢無奈度餘年。
年來詐騙猖狂甚，老失儲金實可憐。

頌全永慰女士

北美宏揚呼不難，持家立業慰娘歡。
處煩理劇多辛苦，敦睦親朋心地寬。

重九文藝雅集

其一
節禮驚心兩鬢霜，西園喜見菊花黃。
年年文訊邀文友，樂得隆情老更狂。
其二
五百嘉賓坐滿堂，舞台表演亦華章。
文豪留影傳佳話，文訊精神受讚揚。

其三

八六高齡無限感，十人同席盡賢良。

餘年只恐聚時少，互贈新書引興長。

註：《文訊》近幾年於重陽節，都假台北市台大醫院國際會議中
　　心庭園會館舉行「文藝雅集」。2014 年 10 月 2 日，邀宴文友
　　詩人五百餘位，舞台上表演歌舞，充滿了文藝氣息。會場並
　　備有按摩體驗服務及二十餘種雜誌贈閱。

詩人節詠女詩人

婀娜花容韻味同，溫柔敦厚吐雄風。

聯吟總覺鬚眉遜，詩苑叢中點點紅。

春　夢

午夜東風帶雨吹，打窗驚醒覺希奇。

夢中容貌童年見，影像猶如李阿姨。

除夕話年俗

家家清掃購鞭炮，張貼對聯備好餚。
守歲圍爐團聚樂，兒童午夜領紅包。

敬賀璧公九十嵩壽

敦厚賢能集一身，請纓抗敵志求伸。
揚風扢雅常籌策，偃武修文極認真。
腰腳健康勤會友，詩書修養擇為鄰。
台灣今日慶嵩壽，還望期頤再飲醇。

周美玉將軍紀念館巡禮

蘭心蕙質得天生，懿德賢能集大成。
研讀協和方少艾，許身護教早揚名。
館中陳列珍文物，椅上手工合世情。
青史流芳崇服務，門人敬拜獻真誠。

秋瑾像

巾幗英雄不後人，為民為國竟忘身。
手持寶劍孤山伴，白玉精雕貌似神。

敬悼蔡鼎新詩翁

其一
蔡翁著作侶仙群，雅健雄深語永溫。
年近期頤猶舞筆，詩聯應與世長存。
其二
新編五卷序詩聯，淵博才華迸馬年。
大筆生花光照世，清高風範廣人緣。
其三
翁從天際騎鯨去，一代詞宗黃鶴迎。
應是修文歸極樂，已臻高壽享詩名。

詩人悲歌

下筆心情淚眼垂，平生功力有誰知？
如今政產文經界，只愛浮名不愛詩。

名　犬

守夜看門勝衛兵，上街跟緊主人行。
豪門一入增身價，哪管游民罵畜生。

敬悼內兄全耀華

其一
永怨低聲傳噩耗，秋風葉落感哀傷。
帥哥英武影猶在，戚友同悲失棟樑。
其二
子女學成專業精，胸襟豁達重交情。
兄今無憾登仙去，笑語盈庭尚有聲。

其三

中秋賞月見尊顏，還望重陽喜共餐。
此去天堂遇朋舊，重逢岳母報平安。

名　嘴

事非經歷不知難，信口開河批政壇。
志士仁人多駁斥，堪憐自比諫諍官。

詩　味

韻在唐時立大規，莊嚴格律展新姿。
風花雪月多情味，千載傳來總覺奇。

第二部分

張夢機教授的遺詩與立說

徐世澤編

張夢機 簡介

作者六十九歲玉照

張夢機教授（1941-2010），一九四一年生。祖籍湖南永綏，生於四川成都，長於台灣高雄。台灣師範大學國文研究所畢業，獲國家文學博士。曾任中央大學中文系主任、中文研究所所長、中國古典文學研究會理事長。自幼耽於吟詠，歷久不輟。於二十六歲在台北市聯吟大會中掄元。一九七九年以《師橘堂詩》獲中興文藝獎章，同年又以《西鄉詩稿》獲中山文藝獎。一九九一年因高血壓腦幹溢血而中風，幾死，廢足，終日坐輪椅。幸心智未失，移家新店玫瑰城，易所居「師橘堂」為「藥樓」。從此似坐牢十九年。竟能專一沉潛於詩學領域中，創作更為豐富。當代譽為「建宗立幟」之大詩家，以及「詩學泰斗」等。本書是張教授於二〇〇五年至二〇一〇年所寫之詩，此期間是徐世澤拜師學詩，作為教材的一部分，今特整理印行。二〇一〇年八月十二日，以心臟衰竭辭世，享年七十歲。

著作有：《詞律探源》、《詩學論叢》、《近體詩發

凡》、《師橘堂詩》、《西鄉詩稿》、《鷗波詩話》、《鯤天吟稿》、《藥樓近詩》、《夢機詩選》、《夢機 60 以後詩》等二十餘種。

張夢機教授五十歲時留影

編者徐世澤八十六歲時彩照

己丑元日試筆

爆竹空翻春破碎，東生紫氣滿三臺。
鴻鈞轉運執牛耳，鯤海騰歡傾酒杯。
曠野晴光明白髮，閒庭淑氣養青苔。
遠山近壑皆如畫，一併直奔詩卷來。

寄永武加國

常年莫逆友，今隔萬堆雲。曾問生疏字，還論奧衍文。
魂飛到楓旆，誼厚共櫻氛。（同登草山讀書）。往事重回
溯，雄州意可欣。

入郭

沿街穿鎮背巖青，入郭花前衣袂馨。
雷聲車走過橋上，水裡游魚欲出聽。

品茶口占

當春閒坐對風鐺，普洱濃甘蒙頂香。
滇茗川茶烹次第，啜來七碗洗詩腸。

自遣

鎮日初陽到夕曛，拜經以外讀詩勤。
臨軒偶爾耽閒坐，一列缽花紅欲分。

孟春述事

重陰樓館雨瀟瀟，一抱煩憂借酒澆。
京闕中宵鴉雀鶚，宦場佞吏眼眉腰。
風聲眾壑分春色，茗氣平潭見索橋。
經貿乾坤當海嘯，元戎能否是唐堯。

山城上元

曼衍魚龍見未曾，山城火樹亦零丁。故人遠似天中月，爆
竹疏於曙後星。六合春風漸回暖，一庭花氣暗生馨。蜂炮
鹽水真堪賞，此夕螢屏飽視聽。

周代老惠詩次答

吟楮多慙謬寫君，早欽高詠吐氤氳。閒中愈覺讀詩樂，病
後漸忘披卷勤。偶共鷗朋論扐救，稍從螢幕廣知聞。平生
功祿俱拋卻，懶向榮途更策勳。

吉志仁弟過訪

遠自鯤南訪藥樓，論詩啜茗共寒流。蓬萊作手平章遍，眼銳能窺二百秋。

英傑先生寄示
「戊子新春展望」詩次答

睡起初陽光潑眼，東風樓館坐望時。春來全以景為畫，老去尚餘情是詩。才讀王維重九句，旋吟蘇軾上元詞。鼠年能否拓經貿，顧及賤民吾所期。

遲故人不至

耽閒候朋至，切琢欲詩工。幾換春茶碧，徐低夕照紅。

冷鋒

恐當禹甸雪融時，凜冽連朝日出遲。忽憶窮黎冷鋒裏，鶉
衣觳觫忍寒飢。

薰風

嘒嘒鳴蜩叫夢回，午天梅雨濕樓臺。薰風吹得山增翠，排
闥飛來供剪裁。

山寺

薄晚鐘沉蝙蝠飛，房中寂謐一燈微。雲歸宿在禪廊外，留
與山僧補衲衣。

端午

以劍為形蒲亦威，辟邪一束掛門扉。沉江屈子過千載，食粽蛟龍恐已肥。

鳳凰花

六月驪歌唱徹天，乍離黌宇髮猶玄。可知鳳樹花如火，風雨前程點不燃。

夜讀（七絕）

半部閒披讀墨經，不知樓外雨盈庭。書燈有味支宵坐，猶是兒時一點青。

賈誼

謫官三年為太傅，湘波弔屈意何悲。靈均猶有齊堪去，而漢君逢一統時。

論學

大儒精魄已難尋，箋註蟲魚誤至今。空向淺塘爭下餌，蒼溟誰有釣鼇心。

碧潭小陽春

碧潭十月小陽春，天暖橋懸遠市塵。煙水夕暉搖小楫，崖亭濃莽坐游人。於今樓館嗟非舊，在昔歡哀記尚新。此地蒼茫風物美，他年辟壒買為鄰。

病久

十七年來痼疾中，身謀家計兩無功。早知臺犢心猶蠢，自念黔驢技已窮。元亮桃源安可覓，季倫梓澤豈須通。餘齡甘願身為贅，不拜車塵不羨鴻。

夜讀

茶來普洱沏燈邊，披讀群書不畏寒。筆健句豪唐杜牧，質輕文小宋秦觀。學庸之理作禾店，莊老所言如藥欄。回溯當年上庠夜，三更刺股記辛酸。

二疊韻答祖蔭詩老

閒披書帙坐軒堂，燈粲何須鑿壁光。吳月鍾山勞遠夢，浙茶顧渚浣離腸。詩文牛溺賤歸土，品節菊花寒傲霜。吟域願供綿薄力，隨公同墾此榛荒。

葭月二十三日晤文華

詩卷各評分甲乙，披沙偶許揀金來。寒雲勒雨人初過，朔氣侵籬菊尚開。同羨子高畫眉樂，早如鴻漸愛茶陪。多欣邀食當亭午，無奈沉痼止酒杯。

碧潭晚眺次鴻烈韻

晚眺寒潭外，溪聲欲老誰。橋懸小檝過，亭險釅茶知。景似唐寅畫，情如杜甫詩。頑痾十八載，煙水憶當時。

題世澤丈「健遊詠懷」二首

雙屐行過五大洲，捫參歷井作吟游。
天教一管生花筆，只寫奇聞不寫愁。

午夜炎陽北極光，盡收秘境付吟腔。
放翁霞客俱難及，踏破乾坤六四邦。

歲末

大寒推不去，臘月感年殘。短髮生霜雪，濃茶暖肺肝。
詩名濤外雨，藥餌鼎中丹。吾貌垂垂老，流光疾似湍。

鶴仁東晟義南敬萱諸弟過訪浩園

冬日剛回暖，諸君訪此園。小杯分釅茗，啼鳥答清言。
拯救寧無法，字辭須有根。騷壇今寂寞，應共卓吟旛。

餞歲

辭年甘不寐，爆竹偶喧鄰。射覆寒燈燦，圍爐絮語親。
聲稀詩未祭，力竭病休陳。鼠去金牛至，明朝待好春。

遲暮

默坐看山北牖前，臺陽日月換華顛。故人貌秀來心上，釀茗杯香近袖邊。椒以味辛難入嚥，葉為秋槁本由天。中年傷別今遲暮，陶寫端須賴管絃。

贈文華教授

餘生憂患本尋常，觸緒何須更感傷。人道所交多直諒，吾知其戀太癡狂。撐腸萬卷貧仍富，授業上庠閒亦忙。莫逆已稀合珍重，孟秋天氣漸微涼。

安坑閒居

紅塵已厭聞牛李，早向林泉退掩關。微命真同雞狗賤，餘生渾似鷺鷗閒。慣披經史陪秋寂，誤涉功名似石頑。去此流溪不三里，暇時坐聽水潺湲。

疊本韻再寄伯元

莫逆客美洲，所念溟渤遠。隔歲菊又黃，不見尊駕返。此間亂紛紛，圖強恐已晚。橫流甘自沉，餘生足雙蹇。以詩慰沉痾，幸汝能互勉。何當整裝歸，相思苦如莽。

晚年之一

晚年寵辱兩皆忘，偶話裁章亦敢狂。耐寂而閒披子史，忘憂以樂要絲簧。身丁蒼海塵將起，世墮黃魂道已荒。奇崛詩風韓吏部，九天星斗納之旁。

足廢

足廢扶輪歲月新，荊山差似卞和身。神游大甲趨參佛，心往墾丁呼喊春。偶喚故人同博塞，早尊修竹是朋親。養生學道閒過日，額手青雲答謝頻。

夢斷

夢回少日後湖舫，乍被滂沱雨吵醒。往事淒迷餘一惘，那堪今已髮如星。

蝸居

買樓飾華堂，斜陽掛庭木。座右鄰青山，十尋映花竹。所欲聞禪鐘，清心拂塵服。沉痼棲於斯，早已棄榮祿。閒吟溫季詩，亦取莊老讀。書帙列案前，一一爽雙目。石州慢姜夔，晚晴賦杜牧。佳製得數篇，不屑珠萬斛。偶邀知已過，經史飽滿腹。釃茗同芳甘，沙蟹慰煢獨。人去鳥聲歡，暮色晦平陸。頑雲占遠岑，留伴夜孤宿。

彈指

吾家楚雲西，久作七鯤侶。眠食客在茲，五十九寒暑。浮海當鬐年，今初為人祖。渭上驚逝川，歲月似過雨。坎坷晚命差，辛酸不忍語。

庭中見燕

燕尾剪春飛，依依絮語微。淹留將五紀，不敢問烏衣。

世澤丈過話

喧豗啼鳥午庭空，剝啄人來健鶴同。偶以高軒覓長吉，最於閒詠效龜蒙。言詩妙出酸鹹外，沏茗馥生杯椀中。沉痼累吾艱跬步，多公送暖到簾櫳。

九日

重陽抱病住山隈，耐寂生涯茗椀陪。不敢題糕才半燼，羞看落帽髮全灰。推排節序當萸佩，斟酌詩文借菊醅。遺俗登高悉如此，游辭例說避災回。

藥樓感秋作

書帙添香自沏茶，閒居養拙客瀛涯。驚秋葉落不聞雁，計盞朋來同畫蛇。語詐所嗟傷道直，官貪其咎是心邪。一懷愁緒何由遣，廊下端宜託看花。

一憾

五紀而還髮已灰，偏安歲月老蓬萊。吾為病累悲無極，葉被秋催墜有哀。居久漸如牢獄坐，人孤端賴竹絲陪。胸藏千卷知何用，苟活於今要藥材。

秋夜不寐惘惘成詩

夜涼天氣雨絲絲，重溯前塵惘惘時。中歲誨人傷旅泊，餘
生積疾感淒其。縱全微命難為用，待障頹波恐已遲。語默
休燈猶不寐，故交頗耐一夜思。

近狀書寄花蓮顏崑陽王文進

數奇李廣侯難覓，命舛卞和身已殘。詩拙固知才亦薄，心
平愈覺臆能寬。鴰昏雞曉但陪我，竹翠菊黃堪撲欄。去此
東疆百餘里，何當相與共杯盤。

過台北市之一

輕軫過橋遠背山，鳳城廣廈插塵寰。黎民闊綽猶邀讌，翠
袖嬋娟盡飾顏。沽酒廊喧人嚘嚘，沿街歌答雨潺潺。北鯤
都會繁華甚，燈火通明大道間。

捷運

馳憑雙軌往來頻，縮地御風為便民。一瞬能行三十里，雷
車飛起大千塵。

朔風一首示維仁弟

朔風樓舍寒加襖，閒坐枯腸借茗澆。抱疾有哀雙足廢，及
昏乍亮一燈遙。藏收翠靄詩初就，氤氳紅塵孰可銷。感汝
品評多卓識，還聽三子試籟韶。君頃評「遼北三家詩」。

次韻壽无藉先生八十五

高吟猶有魯望才，直幹寧愁猛雨摧。八秩五增新歲月，千
詩重賞舊鎔裁。揮毫勁似湘斑竹，論品遙連浙釣台。遠隔
龜山遲祝嘏，期公壽域萬尋開。

逝川

逝川不舍感年華，書帙詩香欲滿家。一抹寒霜潛入髮，十
分愁緒託看花。乍傳宮徵聞啼鳥，新剖瓜柑配釅茶。幾處
盆栽青奪目，廊沿留與襯紅霞。

久不晤崑陽卻寄

回溯青衿初識汝，卅年廣詠見情親。以詩結誼藏心久，於
夜連床話雨頻。儁爽風儀元不酷，雅馴詞彙更為真。何因
乍斂才人筆，懶向浮生寫屈伸。

偶成

命因沉痼負心期，眠食憨為俗所羈。耽毒三臺天欲墮，風
濤一峽界何危。長繩繫日真能否，枵腹飼人元不宜。十六
年前歌哭事，迷離無復記當時。

輓戎庵詩老

平生誼篤友兼師，豈意風催竹槁時。鶴駕乍歸才可惜，鳳
城久亂死何悲。高懷吞月嵯峨骨，硬語盤空駿爽詩。泉下
儘多賡詠客，不妨酬唱話流離。

不羨

高牆甲第吾寧羨，卻愛蘭成賦小園。足廢那堪心亦病，才
傭難以道為言。極知形貌垂垂老，偶檢詩文惘惘燔。姓字
恐登流寓傳，強披書卷了煩冤。

祖蔭世澤正三建華諸詩老過訪

從容高屐到斯堂，來共後廳燈吐光。諸老懷人言故事，一
壺分茗暖迴腸。論交君子淡如水，扢雅髮絲俱有霜。詩苑
如今草蕪穢，政須吾輩拓寒荒。

哭李中民

皎皎雄州月，獨為新店思。哀揮晦闇筆，寫祭后山詩。插血存深誼，銜觴記昔時。堪憐化鶴地，遠眺一何悲。

有感

早忘功祿棄浮名，拋擲流光歲欲更。老去病心初一惘，愁來詩詠但孤鳴。殍民世亂悲群厄，挾雨風寒乞晚晴。吾命渾如瀛海上，片帆遠與彼蒼爭。

墨卿久疏手泐賦此訊之

訊斷南鯤札，詩收北縣霞。年光改吾貌，心緒念君家。積日情彌篤，披書興共嘉。遙望欲有問，近狀尚佳耶？

閒坐無俚書懷作

學陋才疏豈敢狂，隨人言語亦尋常。苟全微命吾何幸，難障頹流道已荒。往事淒迷頻入憶，老歌宛轉暗生傷。閒吟篇什俱零落，擊缽於今最擅場。

向晚

山翠欣堪割，花黃惜未裁。歸巢兩三鳥，銜得夕暉來。

過台北市之二

輕軫過橋遠背巖，參差大廈插塵凡。殷民闊綽猶邀讌，游女淨華恐撞衫。沽酒廊淫歌裊裊，飾容男少髮鬖鬖。世間光怪看難盡，似草繁愁苦不芟。

玫瑰城秋日

一樓閒適一茶甌，蟻屈郊村過十秋。久困蝸廬悲楚竹，堪驚螢幕匯韓流。髮黃真欲墨痕染，山翠全歸詩卷收。溪壑為鄰樹豐衍，誰知此地是滄洲。

郊城

郊城七月仍殘暑，十載移家買此廬。偶換衣衫隨去軫。慣憑文墨答來書。秋光未覺風霜早，老氣猶侵臂膝初。倘問當筵何所愛，黃魚以外是青蔬。

寫意

山翠飛來入畫樓，重溫舊夢溯前游。孤吟曾媚鶯歌石，一諾難酬雁蕩湫。偶設酒杯親耄耋，欲憑詩筆效曹劉。惟教溪壑娛雙眼，節序誰知已孟秋。

睡起

枕邊遐想助吟思，樹影搖晴睡起遲。才覺書中現華屋，又從報上撈浮屍。雲天望去栽蘆倒，山石招來入幔宜。釀茗分香支獨坐，塵心初斂拜經時。

偃蹇

卜筮元知晚命差，餘生偃蹇世堪嗟。山飛秀色來詩卷，人擇韶光付網咖。壁鏡早看頭已雪，歌樓舊憶臉猶霞。郊城獨坐過寒暑，幸有相陪顧渚茶。

端午明輝維仁中中來訪

歲歲端陽說已煩　蓬窩延客共蒲樽
剝開粽葉供枵腹　看列廊花飾午盆
靳尚於今混猶好　屈原在昔歿何冤
龍舟競渡聽喧鼓　忠愛一懷誰更言

基隆諸弟妹贈詩擇韻答之

不辭溽暑行官道　　遠自雞籠到舍前
名並雲高吾豈敢　　才同海大汝當然
吟聲直撼獅峰月　　缽韻遙連鱟水煙
他日諸生能好學　　哦詩譽滿北鯤天

輓張以仁教授

祖籍三湘久客心　　桃花源記昔同吟
人間書種悲方失　　天上文星慟已沉
重省宏篇雙淚下　　一沾厚澤廿年深
夜臺此日多詩友　　酬答頻頻恐不禁

明經攜眷探親晚秋返臺

萬里晴雲雙翼飛　　游觀滬魯興無違
人經北地嫩寒出　　身負南天微暖歸

白髮省親尋祖墓　紅顏伴汝敞心扉
豫中桑梓多新象　二十年來景已非

傅公校長邦雄教授夜過

黃昏剝啄到門楣　杯酒多欣話舊為
疆月呼來照山雪　滇茶沏了助文思
關心風雅公非耋　用力莊韓汝是師
塵事人謀談不盡　興濃直到月升時

玫瑰城夏日

郭外山城入夏時　五千餘戶熱難支
梅天自默斜街雨　檜架猶存善本詩
乍見篁青簾捲早　幾銷茗碧客歸遲
蒼鷹徒羨能騫翥　下走郊行已不宜

夏夜

電箑吹涼濕暑天　壁燈媚我夜纏綿
洗塵淅瀝庭中雨　煮藥飄浮爐上煙
偶覰螢屏瘋世足　默聽蛙鼓憶髫年
殘生料得終岑寂　端合哦詩楮墨前

讀書

披卷軒窗坐榻旁　一杯川茗釀生香
山中寺遠鐘初落　道上車多客自忙
栗里詩篇看已慣　桐城文集讀猶詳
以書消夏心寧靜　不畏炎蒸與厲陽

晚年之二（九十九年初夏作）

足殘早已不探幽，默默無言守此樓。
病宿七尋一城腳，老侵六十九年頭。

客來沏茗話奇事，雲去棲山遮遠眸。
聞道鳳凰花似火，剪裁端欲以詩收。

碧潭夕望

雨餘溪壑氣沖融，叢竹長虹設色工。
薄靄奪將春水碧，落霞借得野花紅。
重過真欲身非贅，一蹀旋知願是空。
橋外停車閒坐眺，前塵都在綠波中。

環河道中作

瀝青路上起輕埃，燈火萬家隔岸來。
枵腹猶嘗秋寂寞，大橋不鎖水瀠洄。
曾占微命殊非薄，誰料沉疴換此哀。
鷗外新墩明月在，山邊遙指小樓回。

張夢機教授立說

（一）詩有五意

（1）曲意（訪友：清王仔園）

亂烏棲定月三更，樓上銀燈一點明。
記得到門還不叩，花陰稍聽讀書聲。

這樣才有詩意。要含蓄才有韻味。如果一到門就敲，只進來喝茶聊天，那就太直了。

（2）深意（初食筍呈座中：唐李商隱）

嫩籜香苞初出林，於陵論價重如金。（於讀烏）
皇都陸海應無數，忍剪凌雲一寸心。

詩意很深，詩要避俗，尤要避熟，剝去數層才著筆。此詩意責怪，怎麼忍心剪掉凌雲參天的竹子前身。而摧殘民族幼苗。

（3）複意（謁神仙：唐李商隱）

　從來繫日乏長繩，水去雲回恨不勝。
　欲就麻姑買滄海，一杯春露冷如冰。

　你想向人借兩萬元，他只肯借你兩百元。
　此表示希望甚大，而所得甚微。另：近試上張籍水部（唐
　朱慶餘）之「畫眉深淺入時無？」亦是複意。

（4）反意（赤壁：唐杜牧）

　折戟沉沙鐵未銷，自將磨洗認前朝。
　東風不與周郎便，銅雀春深鎖二喬。

　翻案詩有好有壞，見解要夠，史書要讀得多。第三、第四
　句要連貫，才有意思。

（5）新意（遇艷遭拍：民國徐世澤）

　婉約溫柔眸放電，盈盈一把更銷魂。
　凡夫俗子無緣識，顯貴偷腥狗仔跟。

只要做得好的，都叫做新意。道前人所未道，為後人所佩服，就是新意。

（二）詩有六起

（1）明起（下江陵：唐李白）

朝辭白帝彩雲間，千里江陵一日還。
兩岸猿聲啼不住，輕舟已過萬重山。

開門見山，首二句就表明詩意。

（2）暗起（詠石灰：明于謙）

千錘萬擊出深山，烈火焚燒若等閒。
碎骨粉身終不顧，只留清白在人間。

不提詩題。

（3）陪起（聞樂天左遷江州司馬：唐元稹）

殘燈無燄影幢幢，此夕聞君謫九江。
垂死病中驚坐起，暗風吹雨入寒窗。

第一句是蓄勢，燈影模糊下聽到被貶。第三句驚坐起，力量很大。陪前三句的情，第四句一定要以景作收。

（4）反起（宴七里香花下作：清范咸）

　唐昌玉蕊無消息，后土瓊花再見難。
　宦閣猶餘春桂影，婆娑長得月中看。

　從反面引出本題。

（5）引起（宜蘭龜山島：民國徐世澤）

　萬頃波濤往復回，北關覽勝有亭台。
　東看碧綠懸孤島，直似神龜出水來。

　由眼中所見景物，以引出正意。

（6）興起（北海岸望鄉：民國徐世澤）

　裂岸驚濤撲面來，浪花萬朵水中開。
　遙知天上一規月，應照家鄉黃海隈。

　乃是由心中所感懷之事物，或觀景而生出感興，以引出題意。

（三）七絕句十三種作法

（1）起承轉合法

起句要高遠、扣題、突兀。承句要穩健、連貫自然。轉句要不著力，新穎巧妙。結句要不著跡，含蓄，深邃。如王昌齡之〈閨怨〉：

閨中少婦不知秋（起），春日凝妝上翠樓（承）。
忽見陌頭楊柳色（轉），悔教夫婿覓封侯（合）。

（2）先景（先事）後議法

前兩句或三句寫景或事實，後兩句或一句寫議論。觸景生情，就事生議。如：

萬頃波濤往復回，北關覽勝有亭台。
東看碧綠懸孤島，直似神龜出水來。

後一句含意深遠，耐人思索。

（3）先議後景（後事）法

另出新意，使議論不抽象，不枯澀。如杜牧之〈題烏江

亭〉：

　　勝敗兵家事不期，包羞忍辱是男兒。
　　江東子弟多才俊，捲土東來未可知。

（4）作意置於前二句法

　　前二句題旨已說盡，後二句回頭敘述千里路程中的景色及
　　舟行之速。如李白之〈下江陵〉：

　　朝辭白帝彩雲間，千里江陵一日還。
　　兩岸猿聲啼不住，輕舟已過萬重山。

（5）作意置於結句法

　　如李商隱之〈賈生〉：

　　宣室求賢訪逐臣，賈生才調更無倫。
　　可憐夜半虛前席，不問蒼生問鬼神。

　　結句言漢文帝不關心百姓，只關心鬼神。

（6）第二句既承又轉法

如竇鞏之〈南遊感興〉：

傷心欲問前朝事，惟見江流去不回。
日暮東風春草綠，鷓鴣飛上越王台。

首句是起，第二句既承又轉。三、四句一氣直下，以顯出
作意。

（7）末句寓情於景法

前兩句敘事或寫景，第三句寫人的心理活動與心理狀態，
其第四句卻以景作結。如元稹之〈聞樂天左遷江州司
馬〉：

殘燈無燄影幢幢，此夕聞君謫九江。
垂死病中驚坐起，暗風吹雨入寒窗。

第三句驚字是心理狀態，第四句以景結情，留給讀者去領
悟，去想像。

（8）末句轉而帶結法

如李白的〈越中覽古〉：

越王勾踐破吳歸，義士還家盡錦衣。
宮女如花滿春殿，只今惟有鷓鴣飛。

前三句一意順承而下，末句陡轉而結。

（9）倒敘突出重點法

如張繼之〈楓橋夜泊〉：

月落烏啼霜滿天，江楓漁火對愁眠。
姑蘇城外寒山寺，夜半鐘聲到客船。

結句「夜半鐘聲」照次序，是在對愁眠的第二位，最後才
是「月落烏啼」。因寒山寺增加了楓橋的詩意美，使全詩
的神韻得到完美的表現，具有無形的動人力量。

（10）對比法

能突出事物的本質特徵，增強鮮明性和表現力。今昔對

比，常用「憶昔」、「去歲」、「別時」等開頭，第三句常用「如今」、「今日」、「而今」等。如王播之〈題木蘭院〉：

三十年前此院遊，木蘭花發院新修。
如今再到經行處，樹木無花僧白頭。

（11）承對合用法

前兩句對仗，後兩句承接，也可前兩句承接，後兩句對仗。如李益之〈夜上受降城聞笛〉：

迴樂峰前沙似雪，受降城外月如霜。
不知何處吹蘆管，一夜征人盡望鄉。

（12）並列對合法

四柱式的對仗，分別寫四個事物或一事的四面，成為一種天然畫面。如杜甫之〈絕句〉：

兩個黃鸝鳴翠柳，一行白鷺上青天。
窗含西嶺千秋雪，門泊東吳萬里船。

（13）就題作結法

如韓偓之〈已涼〉：

碧闌干外繡簾垂，猩色屏風畫折枝。
八尺龍鬚方錦褥，已涼天氣未寒時。

此詩通首佈景，不露情思，而情愈深遠。
以結句呼應題意，是謂之就題作結。

　　說明：七絕共二十八字，每字都有一定的位置，都要發揮特別的作用，語近而情遠。七絕句的作法多種多樣，怎麼寫都可以。但要靈活運用，才不致遇到一題目，無從著筆。平時要多讀詩，多寫詩，多揣摩詩，靈感來時，緣思措辭，充分發揮自己的思想感情。保證寫詩的人，不會患失智症，多能延年益壽。

附錄：習作七絕的方法

徐世澤

前言

我於一九九五年退休後，即想拜師學寫詩。最初是方子丹教授，接著張鐵民教授，二〇〇四年復拜張夢機教授於藥廬，直到二〇一〇年夏始止。其間有林正三理事長為我修改拙作，我可算是一個終身在學詩中。

因我是醫師出身，平時所觸及的多為醫療行政和英文書，很少閱讀文藝刊物。五十五歲時我當了醫院雜誌總編輯，對詩才有一點興趣。

一九九八年，追隨方子丹教授，是調平仄聲階段，他要我熟讀《唐詩三百首》和勤翻《詩韻集成》（附索引），隨時可找出某字是平聲或仄聲。四個月下來，便可寫四句順口的七言詩。兩年時間可勉強湊四句。學了六年，他為我所寫的《思邈詩草》作序。接著求教張鐵民教授，我只想習作七言絕句，他便熱心地指導，並給我一本講義，我很容易學會了一些規格。到了二〇〇四年十月，蒙張夢機教授約見，林正三理事長專車載我前往。夢機師願收我為徒。因他必須坐輪椅，左手不能動，右手寫字時歪歪斜斜地很吃力，多以口述為主。我每個月到新店藥廬一次。學了五年半，他為我審訂《思邈詩草》，另行出版一本《健遊詠懷》，並惠賜序言。我每次上課都用心聆

聽。筆記了許多寫詩的規則和範例。我把他所教的尊稱為「名家立說」。因上三位教授均已先後作古，今特將其所教的整理出來，分述如下：

一、習作初步

（一）造句讀詩

我是每星期二下午三時至五時，往方子丹教授住宅上課，他先教我熟讀《唐詩三百首》中的七言絕句，模仿前人的詩句，寫兩句順口的句子。方教授當場審閱，並指正。

（二）調平仄聲

漢字有四聲，即「平上去入」。在詩內只有「平仄」兩聲，把上去入同列為仄聲。有一首詩曰：「平聲平道莫低昂，上聲高呼猛烈強，去聲分明哀遠墜，入聲短促急收藏。」原來，平聲就是一個平平的長音，上聲是往上用力頂，較有勁道的聲調，去聲是須朗暢念去，入聲有往下墜落的感覺。簡單的說，平聲是平平的，仄聲是不平的；一個跑上去，一個掉下來，一個急收藏，都不平。統統喚作仄聲。現行之國語（普通話）中有「平混入」，約有百餘字，畢竟不多。本來近體詩中，就有「平仄」兩字的字，如教教、勝勝、燕燕等。只要規定用「平混入」字的人，避免放在第二字或第四字，不要把它作為平聲押韻，這就與近體詩相似了。

在寫七言詩時稍加留意，翻閱《詩韻集成》（附索引），

便可確定是平聲或仄聲，凡字在 121 頁以下的均為仄聲。方子丹教授教我調平仄聲，要我勤翻《詩韻集成》，四個月下來，便可寫四句順口的七言詩。

（三）練習作詩

半年後，我仍然是每星期二下午上課，方教授先作一首詩傳給我看，就依他的題目或自由擬題寫四句，當天交卷。下星期二來時，他就改好發還，並解釋為何改這幾個字。通常修改多是用字不妥或不雅。很少一句全換寫的。算起來，一年至少寫五十首，六年下來，便成一書《思邈詩草》。

二、七言絕句規格

（一）七言絕句

七言絕句（簡稱七絕），即以七個字為一句，計四句為一首。共二十八個字：第一句是起句，第二句是承句，第三句是轉句，第四句是合。按「起、承、轉、合」的意旨，在一首絕句中，以第三句最為重要，因轉句是一首絕句中的靈魂。並有其一定的規則與格式。現分別舉例於後：

平起式與仄起式，以首句第二個字為準。如首句第二個字是平聲，即是平起式，如首句第二個字是仄聲，即是仄起式。

平起式首句押韻

平平仄仄仄平平，仄仄平平仄仄平。

仄仄平平平仄仄，平平仄仄仄平平。

（註：下列各詩中的平聲字，是用「—」的標示。仄聲字是用「｜」的標示。）

偽藥

奸—人—售｜藥｜沒｜心—肝—，

仿｜冒｜明—知—治｜病｜難—。

掛｜上｜羊—頭—銷—狗｜肉｜，

胡—言—野｜草｜是｜仙—丹—。

仄起式首句押韻

仄仄平平仄仄平，平平仄仄仄平平。
平平仄仄平平仄，仄仄平平仄仄平。

農民怨

酷｜暑｜嚴—寒—怕｜地｜荒—，

防　毗—避｜雨｜下｜田—忙—。

秋—收—賣｜得｜錢—多—少｜，

不｜若｜歌—星—去｜趕｜場—。

平起式首句不押韻

平平仄仄平平仄，仄仄平平仄仄平。
仄仄平平平仄仄，平平仄仄仄平平。

午夜太陽（挪威）
斜—陽—不｜落｜重—溟—外｜，
登—上｜地｜球—最｜北｜端—。
永｜晝｜天—光—書—可｜讀｜，
孤—高—岬｜角｜濕｜風—寒—。

仄起式首句不押韻

仄仄平平平仄仄，平平仄仄仄平平。
平平仄仄平平仄，仄仄平平仄仄平。

莫斯科紅場（俄）
聖｜地｜紅—場—今—變｜相｜，
列｜寧—陵—寢｜展｜時—裝—。
宮—牆—附｜近｜名—牌—店｜，
馬｜克｜思—前—廣｜告｜張—。

　　對以上所舉範例，皆屬正常。惟每句第一個字，用平聲字或用仄聲字，用仄聲字或用平聲字，皆不論外，但每句第三個字亦可不論；其餘當用平聲字，即用平聲字，絕不可用仄聲字，當用仄聲字，即用仄聲字，絕不可用平聲字。因此七言絕句規格中的每句第「五」個字的平仄聲，即必須遵守用平仄聲的規則。

（二）三連仄

三連仄即七言絕句中，於每一上句的第五、六、七字，不可連用三個仄聲字。例如：「仄仄平平仄仄仄」，擬作「舞｜影｜琴—聲—富｜幻｜化｜」，擬改「舞｜影｜琴—聲—多—幻｜化｜」，才合規格。所以此三連仄，為詩人所禁用。但目前較不嚴限，可用。

（三）三連平

三連平即七言絕句中，於每一下句的第五、六、七字，不可連用三個平聲字。例如：「平平仄仄平平平」，擬作「濃—裝—不｜避｜人—來—看—」，擬改「濃—裝—不｜避｜客｜來—看—」，即合規格。所以此三連平，為詩人所必須禁用。

（四）拗救法

拗救法為近體詩的變格，即七言絕句中的第三句，於必要時，可將第五、六字的平仄聲對調而補救。例如：「仄仄平平仄平仄」，擬作「囚—禁｜八｜年—河—隔｜看｜」，此句平仄聲無誤，但「河隔看」似有點拗，擬改「囚—禁｜八｜年—隔｜河—看｜」而救之，似較順妥。所以此拗救法，為詩人所活用。

（五）孤平

孤平即凡七言仄起押韻的詩句中，除所押韻腳平聲不算外，其句中只有第四個字是平聲，其餘皆是仄聲字，即稱孤

平。應在該詩句中第五個字用平聲，才算符合拗救法。例如：「仄仄仄平仄仄平」，擬作「竟｜是｜土｜樓一莫｜漫｜誇一」，此七言詩句末的「誇」字是韻腳，雖是平聲不算。其中只有第四個字「樓」字是平聲，其餘皆是仄聲字，擬改「竟｜是｜土｜樓一休一漫｜誇一」。一句中有樓、休兩個平聲字，即不算孤平了。但目前較不嚴限，凡七言詩句仄起的第二句、第四句，其第一個字是平聲，與第四個字是平聲，即不算孤平。如此放寬限制，當有利於詩的推廣。

（六）押韻

押韻即作詩用韻，凡句末所押的韻，稱為韻腳。例如：七言絕句的第一句末押韻，第二句末必須以同韻字押韻，第三句末不須押韻，第四句末亦須以同韻字押韻。此是構成詩美的主要成分，具有音樂美，易於背誦和歌唱，琅琅上口，易於記憶。

（七）體韻

體韻是指詩的體裁和詩所押的韻腳。因作詩必先出詩的題目，在題目之下，必須寫著「七絕」。如此七絕（即七言絕句）即詩的體裁，簡稱為體。接著必須寫出限押那一個韻腳，簡稱為韻。此在題目之下，所限體韻的規格，作詩者必須遵循。體韻不拘，即是由作詩者自行決定體裁和韻腳。不限韻即是，由作詩者自行決定韻腳而已。

（八）孤雁入群與孤雁出群

（Ａ）孤雁入群格——是首句借用鄰近韻部的字作為韻腳。

（Ｂ）孤雁出群格——乃最後一句借用鄰近韻部的字作為韻
　　　腳。

　　前者像一隻孤單的白雁，帶著一群黑雁振翅高飛，如第一
句用二冬韻，而第二句與第四句用一東韻。後者像一隻白孤雁
飛出了黑雁群。如第一句與第二句用七陽韻，而第四句用三江
韻。

三、七絕句型調配法（43 種）

（一）平起式首句押韻

（1）第一句句型

　　　a. ——｜｜｜—— 葡萄美酒夜光杯。

　　　b. ｜——｜｜—— 一枝紅艷露凝香。

　　　c. ———｜｜—— 秦時明月漢時關。

　　　d. ｜—｜｜｜—— 近寒食雨草萋萋。

（2）第二句句型

　　　a. ｜｜——｜｜— 欲飲琵琶馬上催。

　　　b. —｜——｜｜— 崔九堂前幾度聞。

　　　c. ｜｜———｜— 萬里長征人未還。

　　　d. —｜｜—｜｜— 登上地球最北端。

e. ｜｜｜——｜— 傑佛遜前瞻昔賢。

（3）第三句句型

a. ｜｜———｜｜ 醉臥沙場君莫笑。

b. —｜｜——｜｜ 商女不知亡國恨。

c. ｜｜｜——｜｜ 借問漢宮誰得似。

d. ｜｜——｜—｜ 正是江南好風景。

e. —｜——｜—｜ 妝罷低聲問夫婿。

f. —｜｜—｜—｜ 囚禁八年隔河看。

（4）第四句句型

a. ——｜｜｜—— 輕舟已過萬重山。

b. ｜——｜｜—— 古來征戰幾人回。

c. ———｜｜—— 鷓鴣飛上越王台。

此與平起式首句押韻之第一句句型相同。

惟所寫字意有別，第四句不一定能用為第一句。

（二）仄起式首句押韻

（1）第一句句型

a. ｜｜——｜｜— 少小離家老大回。

b. ｜｜———｜— 月落烏啼霜滿天。

c. 一｜一一｜｜一　寒雨連江夜入吳。

d. 一｜一一一｜一　金碧輝煌金殿高。

此與平起式首句押韻第二句句型相同。

（2）第二句句型

a. 一一｜｜｜一一　平明送客楚山孤。

b. 一一一｜｜一一　鄉音無改鬢毛衰。

c. ｜一一｜｜一一　每逢佳節倍思親。

d. ｜一｜｜一一一　行白鷺上青天。

此與平起式首句押韻之第一句與第四句句型相同，惟所寫字意有別，不要隨便套用。

（3）第三句句型

a. 一一｜｜一一｜　無情最是台城柳。

b. ｜一一｜一一｜　洛陽親友如相問。

c. 一一一｜｜一｜　兒童相見不相識。

d. 一一一｜一一｜　窗含西嶺千秋雪。

e. 一一｜｜｜一｜　孤帆遠影碧空盡。

f. ｜一｜｜一一｜　玉顏不及寒鴉色。

g. ｜一一｜｜一｜　水牛斑馬共同體。

此與平起式首句不押韻之首句句型相同，但不一定能用為第一句。

（4）第四句句型

　　a. 丨丨――丨丨―一片冰心在玉壺。
　　b. 丨丨丨――丨―笑問客從何處來。
　　c. 丨丨―――丨―樹木無花僧白頭。
　　d. ―丨――丨丨―門泊東吳萬里船。

　　此與仄起式首句押韻之第一句句型相同，並與平起式首句押韻之第二句相同，惟所用字意有別，不一定能用為第一句或第二句。

（三）平起式首句不押韻

（1）第一句句型

　　a. ――丨丨――丨岐王宅裡尋常見。
　　b. 丨―丨丨――丨洞房昨夜停紅燭。
　　c. ―――丨――丨玄宗回馬楊妃死。

　　此與仄起式首句押韻之第三句句型相同，第二句、三句、四句均與平起式首句押韻之第二、三、四句型相同。如第四句之「落花時節又逢君」，即與平起式首句押韻之第四「古來征戰幾人回」句型相同。

（四）仄起式首句不押韻

（1）第一句句型

　　a.｜｜－－－｜｜　兩個黃鸝鳴翠柳。

　　b.－｜－－－｜｜　迴樂峰前沙似雪。

　　c.｜｜｜－－｜｜　獨在異鄉為異客。

此與平起式首句押韻的第三句句型相同，可靈活運用。

（2）第二句句型

　　此與平起式首句押韻之第一句及仄起式首句押韻之第二句句型相同。如第二句之「受降城外月如霜」，即與仄起式首句押韻之第二句「每逢佳節倍思親」句型相同。

　　第三句、第四句句型與仄起式首句押韻之第三句、第四句句型相同，恕不再述。

說明：

　　1. 為便於初學作詩者練習，特編此句型調配法。

　　2. 初學作詩者；須知七言絕句只有四種基本格式，每一格式只有四句，且絕句有一、三不論的習慣法則，只要能辨別平仄，就能解決「聲」的問題，至於「韻」第一句入韻的七絕，只須三個押韻的字，第一句不入韻的七絕，只須兩個押韻的字，亦極易解決。

　　3. 全詩僅二十八字，我從此著手寫詩，初是以消遣為主，只想寫出自己的胸懷和情操，而以延長壽命為目的，持續對生

命的熱情，沒有妄想成為名家。

　　4. 七絕句型約有四十三種調配法，都合乎規定，只有平起式的第三句句型，第五、六兩字，有平仄聲對調的拗救法，第四句的第三字或第五字，最好有一個是平聲，稍加注意即可。

（本文為紀念方子丹、張鐵民、張夢機三位教授而寫。並感謝鄧璧、江沛、林正三等三位詞宗悉心指導。）

參考資料

1.《唐詩三百首》　三民書局
2.《詩韻集成》（附筆劃索引）　三民書局
3. 許清雲編《古典詩韻易檢》　三民書局
4. 張鐵民編著《中國詩學講義》　青峰出版社　1995
5. 林正三編著《台灣古典詩學》　文史哲出版社　2007
6. 張夢機口述資料：徐世澤筆記　2005~2009 年

邱燮友 簡介

作者近照

筆名童山，福建省龍巖縣人，生於一九三一年十二月十四日。一歲隨父母來台，定居花蓮港，七歲時正值一九三七年七七抗戰，舉家遷回龍巖，在家鄉完成小學、初中、高中的基礎教育。一九四九年再度來臺，次年進入臺灣省立師範學院（師大前身）國文系，一九五四年畢業，並參加預官訓練，以及在中學任教兩年，然後再考進國立臺灣師範大學國文研究所進修，一九五九年畢業，並留校任講師、副教授、教授。在教育界任教已逾半世紀，曾任臺師大夜間部副主任、僑生輔導主任委員、國文系所主任、所長；並出任玄奘大學主任秘書、宗教所所長；元智大學中語系主任、香港珠海學院客座教授。

退休後，仍任教於文化大學中研所、東吳大學中文系，為兼任教授。與周策縱、王潤華、徐世澤等六人出版古典詩和新詩集，名為《花開並蒂》。此後又陸續出版《並蒂詩花》、《並蒂詩風》。著有《童山詩集》、《天山明月集》、《童山

人文山水詩集》、《品詩吟詩》、《童山詩論卷》等著述。
曾參與編撰復興書局《成語典》、文化大學《中文大辭典》、三
民書局《學典》和《大辭典》等；並參與編撰《國學導讀》五大
冊，其中〈中國文學史〉、〈樂府詩〉兩篇導讀為筆者所撰。以
及早年參與教育部、國立編譯館所編撰的高中國文標準本教科
書，南一書局高中國文教科書，三民書局高職國文教科書。

　　二○○五年，獲得中國詩歌藝術學會贈予詩歌藝術貢獻獎。
歷年教學與著述不曾間歇，並將教學和著述視為終身志業。

·詩 論·

·新 詩·

·古 典 詩·

大唐李白生平事略及其詩歌特色

一、前言

　　大唐時代（618-906），是我國詩歌的黃金時代，其中有三大詩人，作品被人樂於稱道：即詩仙李白（701-762）、詩佛王維（701-761）、詩聖杜甫（712-770）。他們的詩歌，盛傳於人人口中，歷久不衰。在中國歷代偉大詩人之中，從戰國時代的屈原（343-277B.C.）開始，到東晉義熙詩人陶淵明（365-427），以及唐代李白，杜甫（712-770），還有宋代蘇軾（1036-1101），這五大詩人，是貢獻我國詩壇，名流千古的作家，其中猶以李白堪稱為名冠群倫。

二、李白平生事略

　　讀李白〈靜夜思〉：「窗前明月光，疑是地上霜。舉頭望明月，低頭思故鄉。」[1] 這是他二十五歲離開四川時，在湖北安陸時所寫的。那麼李白的故鄉在何處？李白的一生，便是一個謎，今人慢慢清理，出現一個輪廓。有關李白的一生，先從

1　〈靜夜思〉：「床前明月光，疑是地上霜。舉頭望山月，低頭思故鄉。」詹鍈主編《李白全集校注彙釋集評》引章燮《唐詩三百首注疏》：「見明月則思故鄉。」（天津市：百花文藝出版社，1993 年），頁 901。

他的父親李客說起，李客是初唐的流人，被流放到西域，後潛回四川，隱名為「李客」。唐代西域遼闊，據郭沫若《李白與杜甫》一書所載，李白的出生地在碎葉或條支。中亞碎葉[2]是今日土耳其吉爾吉斯。而李白的父親是娶西域胡人，因此李白是混血兒，被視為胡人，五歲時隨父母潛回四川彰明縣清廉鄉，後因李白，字太白號青蓮居士，是道士也是大詩人，才改清廉鄉為青蓮鄉。

李白生於武則天十七年（701），五歲隨父母潛回四川，二十五歲時，才離開四川，在他的〈下江陵〉：「朝辭白帝彩雲間，千里江陵一日還。兩岸猿聲啼不住，輕舟已過萬重山。」[3]因此李白的故鄉，自認為四川彰明縣青蓮鄉。他二十五歲前的母語是川話，從此就不曾回四川。從二十五歲到三十五歲，其間入贅許師圍家，許家將孫女許配給李白，所以李白在湖北安陸居住十年，他的〈靜夜思〉，是他在離開四川後，望月思故鄉的詩篇。自此以後李白浪跡天涯，才會說：「但使主人能醉客，不知他鄉是故鄉。」

李白在四川時，在峨眉山入道，師事司馬承貞，是為道士，在他的〈大鵬賦〉[4]中，自比大鵬鳥，如〈莊子逍遙遊〉

2　中亞碎葉，郭沫若著《李白與杜甫》關於李白，李白出生於中亞碎葉。北京人民出版社，頁3。

3　又作〈早發白帝城〉在評箋中云：「此詩若作於初出峽時，則尚未就婚許氏。」瞿蛻園等校注：《李白集校注》（臺北市：里仁出版社），頁1281。

4　〈大鵬賦〉見《李白集校注》卷一古賦八首，第一首〈大鵬賦〉並序，李白自比大鵬，將其師司馬承貞比作稀有鳥。見瞿蛻園等校注，頁1。

中的大鵬，壯志凌雲，而稱司馬承貞為「稀有鳥」。由於李白的父親李客，是他的先人被流放西域，因此沒有一個地方官敢推薦李白去考進士，李白只好到處流浪，結交大官員，走「終南捷徑」，求得一官半職。幸好他得到江浙名道士吳筠，以及太子賓客賀知章的聯合推薦給唐玄宗，在天寶元年（742），玄宗任李白為「翰林供奉」。那年李白四十二歲，因而有〈清平調〉三首及〈宮中行樂歌〉八首。[5] 但李白嗜酒，不宜在玄宗身邊做秘書，三年後，被高力士、楊貴妃誹謗，玄宗不用李白，在他四十五歲時，離開京都長安，又過著他浪跡天涯的生活。曾至山東，入贅宗紀家，因此有《舊唐書》《新唐書》文藝傳、文苑傳，記載李白為山東人。

李白在安史之亂（755）爆發前，這段期間，他最大的收穫，是認識杜甫（712-770），並建立了深厚的友誼，杜甫前後給李白十五首詩，李白僅給杜甫兩首[6]。如杜甫的〈飲中八仙歌〉，說李白是：「李白斗酒詩百篇，長安市上酒家眠。天子呼來不上船，自稱臣是酒中仙。」並說他的詩，是「白也詩無敵，飄然思不群。清新庾開府，俊逸鮑參軍。渭北春天樹，江東日暮雲。何時一樽酒，同與細論文。」並指他的性格是「飛揚跋扈」。李白在安史之亂期間，暫時寓居在廬山。

此時，由於統治者內部分化，導致安史之亂，天寶十四載

5　〈宮中行樂歌〉八首，〈清平調詞〉三首，作於天寶二年（742）。見安旗主編：《李白全集編年注釋》（成都市：巴蜀書社，1987年），頁442-455。

6　見拙著《童山詩論卷》中〈杜甫心目中的李白〉（臺北市：萬卷樓圖書公司，2003年），頁281-297。

（755）冬，平廬、范陽、河東三鎮節度使安祿山以誅右相楊國忠為名，起兵叛亂，攻陷洛陽，次年稱帝，六月又攻陷長安，玄宗避難四川，並下詔命李亨率軍收復黃河流域，命十六子永王李璘肩負經營長江流域的使命。但七月十二日李亨稱帝於甘肅靈武，是為肅宗，改元至德，尊玄宗為太上皇。然而李亨兄弟間矛盾激化，李璘離開玄宗後，先至襄陽，九月至江夏，招兵買馬，準備起兵，途經廬山，聞知李白隱居於此，派人邀請他出山，參加永王幕府。並寫〈永王東巡歌〉十一首，但次年（757）二月，肅宗調大兵討伐永王，永王兵敗，李白被俘，年底，李白被判處長流夜郎（今貴州桐梓縣西）。[7] 是年為乾元元年（758），李白五十八歲，次年遇赦，傳留在江夏岳陽，又到潯陽，與族叔同遊洞庭湖，作〈菩薩蠻〉。李白經流放夜郎，歸來已是六十高齡，此時史思明之亂，尚未平定，史思明之子史朝義，率部南擾，太尉李光弼率兵抵禦叛軍，李白還想請纓參加，壯心不已，但半途生病而回。次年（762），他因生活窘迫，投靠族叔安徽當塗縣令李陽冰，十一月病死於舟中，病中，並把詩稿交給李陽冰，請他編輯作序。[8] 今李白經歷代收集，依瞿蛻園、朱金城《李白集校注》，共得詩文一〇五〇首。去年《聯合報》曾報導兩國四市爭李白故里，四川江油縣，留有一首李白的五律：「自此風塵

7　李興盛：《中國流人史》（哈爾濱市：黑龍江人民出版社，1996年）。見第三章〈唐代的流人〉第八節〈一朝夜郎去，錦繡埋雲煙〉，頁207-220。

8　見郭沫若《李白與杜甫》：「李白最後寓居當塗必然有一年光景，終于病死在當塗，年有六十二，賦〈臨終歌〉而卒。頁83。

遠，山高月夜寒。東泉澄澈底，西塔頂連天。佛座燈常燦，禪房香半燃。老僧三五眾，古柏幾千年。」因此李白詩又增加一首，為一○五一首。而四川江油縣也爭為李白的故里。

三、李白詩歌特色

李白詩文特色很多，且為天才橫溢的作家，才華辭藻，有六朝的風華，今略歸納其詩文為五大特色：

（一）具有誇大其詞的誇飾格：李白五歲至二十五歲時在四川成長，四川人平日飲酒喝茶，聚在一起聊天，喜歡擺龍門陣，也就是言談間喜歡誇大其詞，用現代的話說喜歡「吹牛」。因此從李白詩中，可發現使用誇飾格修辭的地方很多。今略舉一二例如下：

> 君不見，黃河之水天上來，奔流到海不復回；君不見，高堂明鏡悲白髮，朝如青絲暮成雪。（〈將進酒〉）

> 白髮三千丈，緣愁似箇長。不知明鏡裡，何處得秋霜。（〈秋浦歌十七首中之十五首〉）

> 誰家玉笛暗飛聲，散入春風滿洛城。此夜曲中聞〈折柳〉，何人不起故園情？（〈春夜洛城聞笛〉）

（二）詩中使用黃金比例（Golden Section）的美學：欣賞米勒繪畫，如〈拾穗〉、〈晚禱〉，使用黃金比例的畫面，三分之二為主題所在，三分之一為烘托主題的畫面，如此構成繪畫的美學，其實攝影畫面的安排，也可比照繪畫美學。我們把它轉化到詩歌的題材上，也有詩歌的黃金比例。[9] 例如：

> 燕草碧如絲，秦桑低綠枝。當君懷歸日，是妾斷腸時。春風不相識，何事入羅帷？（〈春思〉）

> 暮從碧山下，山月隨人歸。卻顧所來徑，蒼蒼橫翠微。相攜及田家，童稚開荊扉。綠竹入幽徑，青蘿拂行衣。歡言得所憩，美酒聊共揮。長歌吟〈松風〉，曲盡河星稀。我醉君亦樂，陶然共忘機。（〈下終南山過斛斯山人宿置酒〉）

〈春思〉共六句，唐人謂之小律。前四句兩兩對仗，是主題所在，後兩句點出主題，是閨怨的詩，剛好前四句，在題材上佔三分之二，後兩句佔三分之一，是合乎詩歌的黃金比例。其他如漢樂府〈江南可採蓮〉，唐人孟郊的〈游子吟〉，也是黃金比例的結構。李白的第二首，從「美酒聊共揮」以上，是三分之二，「長歌吟〈松風〉」以下是三分之一的結構。從繪

9　1902年歷史博物館展出米勒畫展，有〈拾穗〉、〈晚禱〉等，其畫面之安排，為繪畫黃金比例。今將其繪畫美學，轉化為詩歌美學，稱為詩歌的黃金比例。

畫的黃金比例，轉化為詩歌的黃金比例，是詩歌美學研究的新途徑。

（三）第四度空間的遊仙詩：從點線面到立體的寫實文學，是第三度空間（3th Dimensional）的文學，李白的遊仙詩，是屬於四度空間的文學。愛因斯坦的相對論 3th Dimensional X time = ∞4th Dimensional，第四度空間是物理學的研究方法，轉化到文學上，第四度空間的文學，有神話、寓言、志怪、遊仙、虛擬、虛幻、懷古、情色、禪悟等九大類。[10] 李白的遊仙詩很多，例如：

> 花間一壺酒，獨酌無相親。舉杯邀明月，對影成三人。
> 月既不解飲，影徒隨我身。暫伴月將影，行樂須及春。
> 我歌月徘徊，我舞影零亂。醒時同交歡，醉後各分散。
> 永結無情遊，相期邈雲漢。（〈月下獨酌〉）

> 我思仙人乃在碧海之東隅，海寒多天風，白波連山到蓬壺。長鯨噴湧不可涉，撫心茫茫淚如珠。西來青鳥東飛去，願寄一書謝麻姑。（〈古有所思〉）

（四）李白詩中的川話：李白的母語是四川方言，因此李白川話入詩，極其普遍。李白五歲入川，二十五歲離開四川，

---

10 參見愛因斯坦（Einstein, 1879-1955）《物理學的進化》（*The Evolution of Physics*, 1918）（臺北市：水牛圖書出版事業公司，2004 年），頁 145。

在湖北安陸，又居住十年，湖北話與四川話相近，因此李白的母語，在詩中經常出現，今人可用四川方言，來解釋李白川話的詩，特別之處，與一般的解釋不同。

李白在翰林供俸時，所作〈清平調〉，便有三處四川方言，例如：

> 雲想衣裳花想容，春風拂檻露華濃。若非群玉山頭見，
> 會向瑤臺月下逢。一枝紅艷露凝香，雲雨巫山枉斷腸。
> 借問漢宮誰得似？可憐飛燕倚新妝。

其中「春風拂檻」，「拂」是川話，解釋為擦拭，即春風擦拭門檻。它如前述的「綠竹入幽徑，青蘿拂行衣」，是指青蘿擦拭到行人的衣服。又如「若非群玉山頭見，會向瑤臺月下逢」，其中「山頭」是四川方言，如「屋頭」、「房頭」，便是屋裡、房裡，因此「山頭」是山裡的意思。又如「借問漢宮誰得似？可憐飛燕倚新妝」，詩中「誰得似」，那個「得」字是四川方言，解釋為「可以、能夠」。也就是請問漢宮中誰「可以」或「能夠」跟楊貴妃相似，只有趙飛燕穿上新妝，可以比擬。

又如李白的〈菩薩蠻〉：「平林漠漠煙如織，寒山一帶傷心碧。」其中「傷心碧」是四川方言，也可以作碧的傷心，「傷心碧」解釋作「分常綠」，或很綠、極綠。如巧克力傷心甜，即非常甜、極甜之意。

又如〈將進酒〉：「君不見，高堂明鏡悲白髮，朝如青絲暮成雪。」或〈贈王漢陽〉：「**鬢髮何青青，童顏腳如練。**」其「青絲」、「青青」是指黑色，而非青色。例如川人指「青衣」、「青褲」，是指「黑衣」、「黑褲」之意。

（五）以女性口吻寫詩，成為女子的代言人：李白的詩歌，有以女子口吻的詩歌，如〈春思〉、〈長干行〉、〈擣衣篇〉、〈江夏行〉等，都是以女子口吻寫成的詩歌，影響晚唐詞的小令，如《花間集》，是以女子口吻寫成的詞。

四、結語

李白一生，遊俠浪漫，他的詩運用誇張的手法，想像奇特大膽，清吳喬《圍爐詩話》中所說的「反常而合道」，才有詩趣，例如：「朝辭白帝彩雲間」、「黃河之水天上來」，彩雲間、天上來，才有仙氣，且誇大其詞，如作「碼頭間」「山上來」，則是不反常而合道，沒有仙氣和詩趣。我有〈讀李白詩〉一首，開端寫道：「李白開口寫詩，便是半個盛唐。」杜甫〈春日憶李白〉，盛讚「白也詩無敵，**飄然思不群。** 清新庾開府，俊逸鮑參軍。」清新俊逸，是李白詩的特色，也帶有六朝的風采，李白的詩句中，有「清水出芙蓉，天然去雕飾」，可以用他自己的句子，讚美李白的詩。盛唐詩仙李白，是唐詩中的翹楚，可以當之無愧。

主要參考書目

1. 《李白與杜甫》 郭沫若著 北京市 人民文學出版社 1972 年

2. 《李白集校注》 瞿蛻園、朱金成等校注 臺北市 里仁書局 1981 年 3 月出版

3. 《李白全集編年注釋》 安旗主編 成都市 巴蜀書社 1987 年 3 月

4. 《李太白全集》 北京市 中華書局 中國古典文學基本叢書

5. 《李白全集校注彙釋集評》 詹鍈主編 共八冊 天津市 百花文藝出版社 1993 年 9 月

6. 《中國流人史》 李興盛著 哈爾濱市 黑龍江人民出版社 1996 年 3 月 1 版

7. 《童山詩論卷》 拙著 臺北市 萬卷樓圖書股份有限公司 2003 年 4 月初版

8. 〈穿越時空進入四度空間的文學〉 見《並蒂詩風》拙著部分 臺北市 萬卷樓圖書股份有限公司 2011 年 12 月出版

福建人文采風錄

提要

　　本文以田野調查的方式，蒐集福建地區人文采風記錄：泉州清源山老君巖石雕、惠安石匠和惠安女、永安土樓以及龍巖採茶燈等，記錄福建地方的人文與山水特色。民間文學蘊藏豐碩的寶藏，隨時等待有心人去開採其中的珍寶，讓民間自然質樸真情無邪的天籟，為世人所利用與賞識並現出璀璨的光芒。

關鍵字

　　福建、人文采風、泉州老君巖、惠安女、永定土樓、龍巖採茶燈。

一、前言

　　我與金榮華教授相識，將近五十年，那是在民國四十六年時，我在國立台灣師範大學國文研究所進修時，他已是國文系將畢業的學生，由於我們有共同的愛好，經常在籃球場上運動，與皮述民、應裕康等一起打籃球，於是結為好友，也成為一輩子的朋友。後來他也上了國文研究所，那時我已留在系裡任教，他在研究所畢業後，將赴法國留學，當時他還把黑膠英語會話唱片留給我，然後便到國外接受西方文化的薰陶，他到過法國、美國、墨西哥等國家，從留學到在海外任教席，然後又回到台北，受潘石禪老師的邀請，在中國文化大學中文系所

任教，不久，並兼任中文系所的所長、主任。他是學兼中外的學者，也是國際知名的敦煌學、民間文學的學人。

今年底，他已滿七十歲，他的朋友和學生，為慶祝他的七十大壽，擬出版一部祝壽論文集，我也樂意參與此事。記得在五、六年前，他由三民書局出版一部《民間文學論集》，我為他寫了這本集子的序，引述兩則民間故事來增添他集子的華采。如今為了替他祝壽，我擬具四則旅遊所見人文采風錄，名為〈福建人文采風錄〉。以田野調查的方式，作為祝壽的論文，以增加慶賀祝壽的氣氛。

二、數則福建人文采風錄

民國九十二年夏，我和金榮華教授應武夷山大學籌備會之邀，訪問福州、南平等地，討論武夷山建校等事宜，並遊覽武夷山、福州、南平、惠安、泉州、廈門等地。事前便查覽這些地方的人文與山水特色，做一次福建人文采風錄：

（一）泉州清源山老君巖石雕

在泉州清源山口，有一尊老子的石雕，是利用當地的天然的石山，雕刻成像。據《泉州府志》記載：「石像天成，好事者略施雕琢。」石像高 5.63 公尺，厚 6.85 公尺，寬 8.01 公尺，席地面積為 55 平方公尺，左手扶膝，右手憑几，造型端莊慈祥，和藹可親，垂耳飄髯，神態浩然，為宋代石雕藝術的瑰寶，是我國最大的道教石雕，為全國重點文物保護單位。老

君造像前東西兩側，有十八牌坊為元代名書法家趙孟頫手書五千言《道德經》碑刻，以經、書、刻三絕廣受世人稱道。如今老君巖石雕，已是泉州人文山水風物重點之一。當時我寫下一首〈泉州清源山老子石像〉詩，以記其盛：

> 傳說我是留下一本《道德經》，
> 騎牛出關而去，不知所終。
> 其實，是泉州府發一本護照給我，
> 要我在清源山落戶，領取糧票。
>
> 我是餐霞飲露，不食人間煙火，
> 關尹子被派去看關，他們叫我護山。
> 我在山口看往來行人已千年，
> 沒有人跟我談道，只好對山講話。
>
> 日子久了，我也舉目茫茫，
> 不知未來走向何方？

清源山老子石像

（二）惠安石匠和惠安女

　　惠安盛產花崗岩，惠安居民多以開採花崗石為業，因此在惠安一帶，隨處可以看到人們都在打石頭，除了將石材為建築材料外，他們將花崗石打造成石獅子、翁仲或各種動物、人物的造形。然而惠安一帶的女子，也跟男子一樣，整日曝曬在烈日下工作，她們將全身包裹，免得受陽光直曬，戴面罩披巾護笠，手腳也有裹巾，形成了惠安女的特色，他們勤勞樸實，但服飾重視色彩的調和與變化，就如同花崗石一樣堅忍而多彩多姿。當時我曾寫了一首〈惠安石匠惠安女〉，來讚頌當地的人文風采，其詩如下：

惠安女子內柔外剛，
惠安石匠則是內剛外柔。

耕田種菜在園野，
挖溝鋪路在街上。
烈日下，面罩披巾裹成粽子，
惠安男子真是好命，
挑肩負載滿街盡是婦女。

花崗石質，又堅又硬，
打造手藝，全憑巧手和本領。
打風打雨，打不走石頭的天性，
翁仲、獅象、美女、馬牛羊，
精心打造千年不壞的永恆。

惠安石匠，打風打雨，打不走的石頭，
惠安女子，遮風遮雨，遮不住的女性。

（三）永定土樓

永定是閩西的一個客家莊，屬新羅區管轄，離龍巖市約兩小時車程，往西便是江西。閩西一帶山巒起伏，是丘陵地帶，以前對外交通不便，如今都有高速公路可抵達。

明清時代，龍巖永定都是山城，人們生活艱苦，且治安不良、匪徒經常出沒，而永定更為偏僻，於是居民為了自衛、建

雕堡、蓋土樓以自保。今日我們所看到的土樓王子——振成樓，便是一九一二年建成，共四樓外圍，每層四十八間，樓下一廳兩井，配合八卦，兩井猶如太極中的小太極，三大門應天地人三才，這種建築配合中國易經中的八卦太極。如有外寇，只要將大門關閉，居戶數十家三四百人均可保安全，且土樓內有倉庫，可以自給自足一段時間。其他如土樓王——承啟樓，是明崇禎年間奠基，清康熙年間建成，費時半世紀建成，造形奇特表現前人建築的智慧。如今已成為世界人文奇觀之一，當地人將土樓作為永定客家民俗文化村，供外界觀光之用。今年秋，我有閩西之行，有幸特地參訪永定圓樓，並有一詩記其盛：

是外星人對外太空連絡，
畫下一圈圈圓圓的圖案。
在永定山巒曠野間，
留下一座座四層高的圓型土樓。

彷彿出外人寄給家人的信：
「相思欲寄從何寄？
畫個圈兒替！
半圈的是我，整圈的是你，
還有說不盡的相思，
把圈兒一圈圈到底。」

這首圈兒歌寫盡出外人的心情，
在荒野留下相思纏綿的訊息。

然而土樓的子弟們，
如同蜜蜂飛往外地採蜜，
終年勤勞灌注蜂房的糧食。
這是世代相傳的奇蹟、精神，
故鄉的土樓，是族人的圓心。

福建永定-振成樓

（四）龍巖採茶燈

民國二十年底我出生於龍巖溪南，不久，隨父母來到臺灣花蓮港，七歲那年，正值七七抗戰，我和家人舉家遷回龍巖，於是在家鄉上小學、初中、高中。在這段期間，對家鄉的風物民俗印象至為深刻，登高山的榕樹、杜鵑、溪南的登高潭龍川，在天宮山眺望龍巖，在最高亭讀書，以及新年的舞獅舞龍，元宵的燈節、採茶燈，節慶時觀賞傀儡戲、潮州戲等印象深刻。

今年中秋節，有機會回到闊別五十多年的家鄉，對童少年的往事，猶歷歷在目。我一向喜愛民謠、詩歌，對龍巖的採茶歌特別喜愛，記得小時候元宵時所看的採茶燈表演隊伍，採茶女是由十二歲以下男童反串，兩隊的領隊採茶婆，則由男的成年人反串，也是丑角，然後唱採茶歌，歌聲如同維也納兒童天使合唱團的天籟。這次我採集到龍巖採茶燈節的比賽，則由成年女子演採茶女，但歌舞依然令人激賞。我也採集了一些採茶燈的歌曲和歌辭，今錄數則如下：

採茶燈（一）

[Composer]

商調式

正 月 裡 來 是 新 春＿
百 花 開 放 好 春 光＿
茶 樹 發 芽 青 又 青＿

家＿家 戶 戶 掛 紅 燈＿ 今＿年 茶 葉 收 成 好＿＿ 採＿茶 姑 娘 喜 盈
採＿茶 姑 娘 滿 山 崗＿ 手 提 著 籃 兒 將 茶 採＿ 片＿片 採 來 片 片
一＿棵 嫩 芽 一 顆 心＿ 輕＿輕 摘 來 輕 輕 放＿ 片＿片 採 來 片 片

盈＿＿ 採＿茶 姑 娘 採＿茶＿＿＿ 姑 娘 喜＿盈 盈
香＿＿ 採＿呀 採＿呀 片＿片＿＿ 採 來 片＿ 片 香
新＿＿ 採＿呀 採＿呀 片＿片＿ 採 來 片＿ 片 新

採茶燈（二）

[Composer]

羽調式

採 到 東 來＿ 採 到 西 採＿到＿ 西 茶＿山
五 月 初 五＿ 是 端 陽 是＿端＿＿ 陽 採＿茶
採 滿 一 筐 又 一 筐 又＿一＿ 筐 山＿前

姑 娘 笑 眯＿眯＿ 過 去 採＿茶 爲＿別＿ 人 如 今 採 茶 爲 自＿己
姑 娘 心 歡＿暢＿ 茶 葉 清＿新 噴＿噴＿ 香 叢＿高 茶 葉 飛 揚＿揚
山 後 歌 聲＿響＿ 今 年 茶＿山 收＿成＿ 好 家＿家 戶 戶 喜 洋＿洋

這些〈採茶歌〉，也可以稱為〈採茶調〉，歌辭是即興的，可以依聲填詞，在廣東、在臺灣也可以聽到這些旋律，而歌詞可以隨興編纂，如同臺灣地區的〈留傘調〉、〈都馬調〉、〈七字調〉、〈恆春調〉等時調曲，大都以七言為句，類似七言絕句，共四句，但只要押韻，不論平仄，前兩句寫景，後兩句道情。可唱四季成四時歌，也可唱十二月令成月令調。例如：

　　登高潭水竹篙深，龍巖城外出黑金。
　　西安大洋桃花開，驚動多少少年心。

　　八月十五看月光，看到鯉魚躍水上。
　　鯉魚唔怕漂江水，連妹唔怕路頭長。

　　阿哥出門往南洋，漂洋過海出外鄉。
　　祝哥身體愛保重，保重身體得安康。

　　紫金山上出黃金，雲霧縱橫滿谷沉。
　　王母瑤台仙聚會，三危青鳥報佳音。

　　溪南鄉內紫誥堂，禮樂詩書立牌坊。
　　輩出人才多俊傑，龍溪江水水流長。

白土龍門九江頭，早年趕集慶豐收。
往來貨物人稱譽，綠水青山長在流。

雁石浮橋今改變，繁榮市井多精英。
龍巖洞口深似海，煤炭直通到漳平。

三、結語

　　民歌的可愛，在於自然樸質，真情無邪；文人所寫的，便多辭采修飾，情意曲折。所以民歌用拙，文人用情，民歌是天籟，文人寫的詩歌是人籟。

　　龍巖在閩西，物產豐富，盛產無煙煤、石灰石、高嶺土、鎢、黃金等珍貴礦產，為閩西的政治、經濟重鎮。龍巖往西行是永定、江西，往東行是漳州、廈門。它在山巒起伏之中，是丘陵地帶，語言很特殊，永定一帶是客家話，漳廈一帶是閩南話，而龍巖介於客閩之間的龍巖話；同樣地，民風也介於兩者之間，永定客家是內陸型的民風，堅毅勤樸，漳廈靠海是海洋型的，民風靈活開朗，而龍巖的民風，有如芥菜一樣，有它粗曠質樸的一面；也有它如菜心開朗細致的一面，這些已成龍巖人的傳統精神。

江南煙雨

昨夜我夢江南，
苕花煙雨，古韻今輝，
船過京杭運河水滿侵。
兩岸村莊民宅，
平房映入濃霧，
黑瓦白粉牆入眼深。

煙雨迷濛，今春候鳥傳佳音，
好似神仙境地，
江南煙雨，蘇杭形勝，
一簾幽夢，六朝風月猶勝今。

落花和落葉

暮春落花滿地
想起袁枚的落花詩，

暗示紅顏薄命的女子，
像落英漂泊在東風。
林黛玉樹下葬花，
是埋葬青春的落紅。

深秋落葉滿山林，
想起杜甫客至掃門庭。
晚景淒情，像李商隱的黃昏，
夕陽雖好，只是近黃昏。
暮年心境，淒美悲涼，
等待黑夜的來臨。

玉蘭花

平凡就是高貴，
樸質就是優美。
卿本出身平凡的庭園，
卻有高貴的香味。

你有冰雪般的聰明智慧，
不與牡丹玫瑰爭嬌媚。

耿耿銀河夜夜從樹頂流過，
鵲橋高架，卻深鎖良宵寂寞。

玉蘭花，全身潔白，
有如玉女天香深鎖宮院。
不如邀明月論文談心，
煮文烹字，釀成一首首詩篇。

盛夏聽蟬

盛夏聽蟬，
熱氣猶如蒸籠。
我站在樹蔭下，
聽蟬聲拉長南風。

一隻小小的蟬，
就是一件樂器。
從記憶編製樂譜，
唱出珍藏的旋律。

樹蔭下讓你坐下，

好長好長的炎夏。
蟬聲悠揚擴散，
淹沒四周燦開的鮮花。

蟬聲是盛夏的節奏，
聽天籟訴說一季長夏。

有蝴蝶飛來

當我們在一起，
一生一世，永不嫌棄。

回憶青春年華，
我們好比鳥兒，
振翅高飛，飛入雲霞，
天空便是我們的家。

有一片青草地，
我們嬉戲，純真無瑕。
當阿波勒開滿黃金雨，
紫羅蘭，繡球花，

紛紛奔放，天空便是我們的家。

猶記得兒時青草地，
我們赤腳追逐那片花海。
薰衣草，穗花棋盤腳，
美人樹，仙女花，
滿地繽紛花開。

青少年的歲月，
四周如同群花奔放。
白如流蘇花，黃如油菜花，
一縷幽香，引人奇思幻想。

回憶那年初夏，
有蝴蝶飛來。

悲慘世界

有一留美女子，獲得博士學位，
回國後，想謀得一職，
竟然走投無路，

勉強在藥廠做試藥員，
試食抗憂鬱症用品，
待遇不及大學生的一半，
這是甚麼世界？
活得如此艱難。

法國有一部《悲傷世界》，
為偷一塊麵包，被判刑十九年。
出獄後，在傳教士同情下，
讓他留宿，供應餐點。
他因貪念偷取銀製燭臺，
逃離教堂，又被警察逮捕。
那傳教士向警察對證，
卻說：「他不是偷，而是送給他的。」
他因而無罪，釋放後悔改上進，
竟然擔任了市長。
這是甚麼世界？
謀生竟如水中撈月。
人性的尊嚴何在？
為生存活得如此可憐。

愚昧的諷刺

參加伊斯蘭戰士，
戰爭後，播出戰死者，
前生微笑的照片。

參加選舉者，
都帶着勝利的微笑，
在未開票前都是欺騙。

推銷產品者，
都說它的產品新奇靈驗。
其實是蒙上一層騙局，
讓顧客深信不疑。

人性的脆弱，
包裹一層糖衣。
真實的過程，
是愚昧、荒誕、可悲。

四季人生

三月春光花事了，
猶如赤腳童年，
告別草地上追逐的同伴，
隨着歲月成長離開童年。

夏季來臨在梅雨之後，
豔陽高照，任何物件都沸騰。
像在草野狂奔的野馬，
體力事業如日麗中天。

一片落葉知秋的來到，
蕭瑟的年代也有特殊滋味。
反芻的生命，能悟出道理，
有翅膀飛過天空，沒留下痕跡。

當北風季的冬天，是凋落的節氣，
我潛思希望埋下春的消息。
或許正是爐火純青的年代，
期待收穫這一生的努力。

花香的滋味

各種花都有芬芳的氣息，
形形色色，也有她特殊的滋味。

我喜歡路邊的小草，
開出星星的花蕊。
它的滋味不如牡丹玫瑰，
但它也有一季的氣味。

只要肯用心經營，
像花農培植一年花季。
那花瓣就是天工細致，
沒有任何雕飾可以比擬。

每種花都有它特殊的滋味，
就像世上的女子都有她
唯一的姿態，唯一的體味，
使人為她欣喜，為她陶醉。

童 話

天真無邪是我的本色，
我看過彩色世界的自繁華。
忘了是在夢中流連過，
我涉過清溪，
來到一片青青草地，
赤足奔馳如同一匹野馬。

這是我的一所茅屋的家，
裡面設備簡樸無華。
屋頂上星星閃爍，
我指其中一顆，
代表我流落天涯。

沒有比這個虛擬的想像，
更美、更純真無邪。
或許我來自另一個星球，
現在只好在茅屋裡，
暫時作為我棲息的家。

台大流蘇花

台大校園內流蘇季，
賞花圍觀春天的訊息。
細瓣白花被滿樹，
像新娘禮服引人注目。

白紗輕盈引人傾慕，
春天的新娘盈盈挺立。
帶來歡樂洋溢著喜訊，
純白象徵潔白的身世。

高貴無瑕種植小牆角落，
無須炫耀出身在豪門貴族。
春色庭院深鎖一季寂寞，
流蘇風華卻流露一身樸實。

花蓮市一角落

此地有麥當勞，
少年兒童集眾的地方。
還有 85℃，必勝客，
往來人群來此憩息。

風華市井一角的風貌，
人們喜歡來此群集。
聊天、飲食、消磨整個下午，
這是年輕人的天堂，
兒童嬉戲的樂園。
忘了時光，忘了人間的繁忙。

兒童成人凝集在一起，
冰品、飲料、奶茶最引人的地方。
好比青山、白雲、海洋，
美好景物的焦點，
也是花蓮最美的風光。

宜蘭礁溪大溪漁港

大溪漁港在礁溪，
龜山島依傍海上似神龜。
海上風雲霞光幻變，
漁民圍繞可捕魚。

大溪漁港海產鮮，
魚蝦活跳，港內人群活躍。
海上萬頃碧波像稻田，
鮮紅霞光照亮一片天。

魚船並列港口內，
好比鞋子排列在門前。
海岸平原風光相接應，
朝霞夕紅，大溪宜蘭相牽連。

夜裡海面漁火散如星，
知是漁人與海相依存。
凌晨漁貨送上岸，
大溪漁港人來人往不曾停。

新埔曬柿餅

金漢曬柿餅，
紅柿掛枝頭。
叢叢像千盞燈籠，
密密果顆紅。

陽光冬暖有微風，
果農歡欣，羊年長壽又年豐。
遊人樹下觀賞鮮果，
開懷聊天過暖冬。

友人小眾利用寒假閒空，
閒話師大往事情意濃，
劉正浩、林礽乾、陳弘治和我，
新埔柿場羊年迎接春風。

2015.1.18（作者傳略中有一幅照片記此詩）

紅粉佳人──櫻花

等待一年的沉默，
終於有醒來的喜悅。
在春光的催促下，
綻放出一朵朵悲壯的鮮血。

短暫的櫻花季，
是武士道的精神。
猶記石崇愛妾，
綠珠以墜樓效忠主人。

台北市今已普遍種植櫻花，
山櫻、九重櫻看得到它的蹤影。
殷紅飛煙，紅粉佳人，
如同少女與春同行。

短暫的花季，落英繽紛，
短暫的美麗，呈現永恆。

故宮日誌

從故宮日曆，
翻印陳年古物風采。
東坡赤壁賦的筆端，
揮灑出數百年的神韻。

珍妃的翠玉白菜，
記載光緒皇帝的心情，
八國聯軍攻入北京，
珍妃被慈禧塞入井中，
宮廷悲劇留下的傷痕，
數百年後也難以撫平。

陸客來台必訪故宮，
走馬看花不會感到歷史悲痛。
反而陳年的玉器、繪畫、文墨，
從遺留下來的古物感到光榮。

白雲從蒼天飄過不留痕跡，
歲月從頭上流過都刻下記憶。

陳年往事一一被翻出，
從教訓反思中得到無窮的智慧。

讀杜詩

杜甫一生貧苦與功名無緣，
在唐代他與詩酒渡過一生，
死後卻成名傳千古的大詩人。
他曾說：文章千古事，
與曹丕典論所寫的：
蓋文章經國之大業，
不朽之戰事，不謀而合。

早年他壯遊四海，
漫遊吳越、齊魯等地，
〈望嶽〉中，有小天下的心境。
心懷壯志，不畏艱辛，
雖貧賤而氣勢凌雲。

他在長安與崔氏為婚，
感謝她退居鄜州，

為他生子，洗衣煮飯一生。
他與〈飲中八仙〉為友，
獨李白詩無人可與他抗衡。

他遭逢安史之亂亂世，
將所見所聞記錄下心境。
〈兵車行〉、〈麗人行〉、〈三吏、三別〉
史籍上稱他為「詩史」，
其實心中有悲天憫人的胸襟。

晚年得嚴武賞識，
賜給他工部員外郎的名份。
在成都總算生活平靜，
「漂泊西南天地間，」
留給後人賞心悅目的詩篇。

細讀杜詩，他從萬卷破繭而出，
像蛾蝶，生生不息，留下永恆。

古典詩

客家採茶歌

一、

龍眼開花千萬枝，
不當牡丹開一枝。
枕上夫當千百夜，
不當阿妹聊一時。

二、

韭菜開花一枝心，
阿妹對哥忒多情。
壁上吊個琉璃盞，
阿哥添油不換心。

新春初嚐琵琶果

四方峯巒圍山屏，

新陽初露和風輕。
始覺寒冬已遠去，
舉頭驚聞是長庚。

環山琵琶滿山谷，
紙包果粒護原形。
顆顆澄黃如枕狀，
入口生津甜意情。

果農辛勤從未停，
寂寞山中草青青。
維護園林不覺苦，
初嚐始知春初晴。

台中酒桶山行

主人好客驅車往，
橫屏山中遠紅塵。
亭間小憩品草茶，
酒桶山前琵琶新。

台中近郊多勝地，
山櫻杜鵑正繽紛。
雲如流浪千山客，
香為人間萬古春。

聞道好友感情會，
山頭共遊話語頻。
偶來鳥聲似銀鈴，
深山群巒隔紅塵。

今昔對比

池塘生春草，
園柳變鳴禽。

大漠孤煙直，
長河落日圓。

明月松間照，
清泉石上流。

好句被寫盡，
今人拾牙慧。

海上風雲多，
白鷗飛越過。

都市高樓立，
迎春人潮急。

青雲空中飄，
人間多逍遙。

人生就是這回事

世間多繽紛，
鮮花紅白黃。
在世身體壯，
樂活求健康。

人已到天國，
錢存在銀行。

子孫為爭產，
對簿上公堂。

讀陶淵明詩

桃李繁花開路邊，
繽紛淑氣滿庭前。
陶詩讀罷軒中臥，
夢入桃源作醉仙。

初　春

2014 年 12 月 12 日梁秀中教授八十歲生日，她與學生舉
行「齊舞水墨」畫展，共一百多幅作品，其中梁秀中有
〈初春〉一幅畫，以一女子沉思獨坐，畫面引人入勝，因
題此詩兩首，以介眉壽。

其一
獨坐沉思春初色，

芬芳嬌媚勝朝霞。
黃金比例成佳作，
風雅流傳入人家。

其二
初春少女有佛緣，
獨坐玄思似坐禪。
桃李年華空裡過，
萬花凋落如雲煙。

暑假悠閒日

暑假豔陽天，
適逢華漾年。
黃金掛滿樹，
青蓮開池田。

樹下多閒客，
棋前可論玄。
浮雲天上過，
閒散可流連。

五月桐花季

五月初夏深林中，
桐花開滿白山頭。
驚動入山尋芳客，
跟隨南庄溪水流。

花心粉紅旋飄落，
白色裙裾幽夢浮。
猶似年少鄰家女，
殷紅粉白不知愁。

五月和風醉如酥，
人間富貴不曾留。
玉肌手爪似花瓣，
如此佳麗怎可求？

玉蘭花

卿本出身鄉野間，
潔身自愛有芬芳。
無人賞識出身低，
流入街頭賣馨香。

小販市上兜售中，
車陣穿梭求賞識。
世間無情多無求，
車窗緊閉不曾視。

或有憐香惜玉者，
解囊索取三兩枝。
帶回家中置客廳，
花落誰家無預知？

玉蘭花，潔如雪，
身世白，人人惜。
不惜出身在鄉野，
骨氣芬芳自高潔。

雙溪公園大王蓮

環顧四周多珍異，
天地奇特瞬息間。
春和夏炎隨幻化，
四季節候景物遷。

盛夏時節多異草，
展現佳姿豔陽天。
大葉如盤浮水面，
雙溪公園大王蓮。

葉大青翠葉面大，
四周環遶有邊緣。
花開白色巨無霸，
異日再現粉紅妍。

如有小孩坐其間，
田田悠閒似神仙。
偶有水鳥棲息上，
葉大如盤巨且寬。

人生幻化如巨蓮，
花開花謝隨物衍。
及時行樂賞美景，
時過境移景物遷。

方位兒歌

比照漢代〈江南可採蓮〉兒歌童謠，作此〈方位兒歌〉；
又是黃金比例（Golden Section）的詩歌美學。

草葉何青青，
池塘多浮萍。
荷花引蜻蜓，
蜻蜓飛到東，
蜻蜓飛到西，
蜻蜓飛到南，
蜻蜓飛到北。

陽明蒼蒼四季新

六句小律，前四句對仗，後兩句寫景；也是將繪畫美學中
的黃金比例（Golden Section），轉化為詩歌美學。

雲如流浪千山客，
孝為人間萬古春。
道德倫常長久在，
中華文化永留巡。
淡水湯湯入東海，
陽明蒼蒼四季新。

中秋

其一
金風送爽到蓬萊，
萬戶千門逶迤開。
難得人間沈伏久，
一輪明月上樓台。

其二

一輪明月經天流，
遊子鄉心難解愁。
海角天涯何處去？
明朝漂泊似沙鷗。

其三

一輪明月經天流，
今夜輕雲掩臉羞。
欲訴相思難啟口，
一簾幽夢隔中秋。

其四

嫦娥一夜望人間，
思念家鄉不得還。
射日有功歸后羿，
瑤臺賜藥戒貪饞。

青山綠水在東吳

君不見，潺湲流水在雙溪，
白鷺、夜鷺在捕魚。
君不見，兩旁青山排撾來，
水綠山青護東吳。

晨曦學子勤上學，
黃昏雲霞送君歸。
猶有在職夜繼日，
教室燈光傳薪輝。

教學大樓題校訓，
敦品勵學課業勤。
師生興國互砥礪，
培養棟樑在精英。

雙溪水流不曾停，
桃李花開在東吳。
四季常春如時雨，
風和日麗迎前途。

窗外

窗外雙溪水潺湲，
兩岸竹篁林木鮮。
房舍疊重林木外，
三分之一是青天。

自然山水景色在，
黃金切割在眼前。
流水聲中節奏美。
群山環抱靜無言。

台中科技大學論詩

台中科大久聞名，
經歷百年獲好評。
邀約論詩探奧秘，
花開並蒂見真情。

一生花事結一生

梅花綻放是春訊，
接力山櫻繼青春。
粉紅嫩白桃李日，
杜鵑渲染滿山城。

九重葛紅花事了，
白茅伸張白裙裾。
太陽花是迎夏季，
木棉落英染滿地。

蝴蝶蘭生四季間，
海棠花訊節候傳。
此時叢菊秋雁後，
芒花苕草是秋天。

牡丹花廳

市府大廳展示日本松江大根島運來的數十盆牡丹花，殷

紅、粉白、淺紅錯雜其中，以迎新新春。

天香一品花傾國，
時歷千年種目新。
魏葶玄黃庭院盛，
富貴榮華庶民親。
市府大廳迎新歲，
牡丹獻瑞似唐人。

山居行

一、
門庭絕塵想，
芒花隨風仰。
山居無別趣，
只與雲來往。

二、
門前少人過，
卻是風雨多。
雲深難以測，

傳來是山歌。

三、

山中多部落，
群居在山曲。
炊煙上藍天，
白雲相追逐。

四、

青山密森林，
野草叢雜深。
人煙少行跡，
花開寂寞心。

春日行

春風到人間，
櫻花紅半天。
門庭納餘慶，
家家貼春聯。

日暖驅寒氣，
落葉滿庭前。
草木凋落盡，
綠芽迎新年。

山川飄雲霧，
縱谷瀑飛泉。
青鳥傳音訊，
玉臺來神仙。

歲月駕言邁

歲月駕言邁，
江河日奔流。
豈能長壽考，
樂活不知愁。

花開自有落，
只是另一秋。
仍有再生時，
自然不可留。

歲歲更相送，
同舟共沈浮。
世道如過客，
放眼開懷遊。

敬悼 梁校長尚勇博士

紅樓傳鐘聲，
和平東路東。
良師興國論，
師大猶尊崇。

先生韋紅樓，
九年立奇功。
主管由民選，
建立民主風。

聘請明教授，
凡事畢親躬。
一生植桃李，
百年樹人紅。

杏壇多雅事，
公名入謎中。
「梁實秋結婚，
謎底梁尚勇。」

轉任至柏台，
清廉慎從公。
居家尚樸實，
積善餘慶同。

心中一畝田，
用來種春風。
聖招今已遠，
世人悼尊翁。

許清雲 簡介

2014 年長沙嶽麓書院留影

許　清雲字儷騰，號城前村人，外號數碼精靈，筆名愛文，臺灣省澎湖縣白沙鄉城前村人。一九四八年生，東吳大學中國文學系博士班畢業，獲得中華民國教育部國家文學博士學位。學術專業為古典文學理論批評、古典詩歌理論與鑒賞、古籍整理學、電子書設計與製作、圖書文獻數位化研究。曾擔任澎湖縣立白沙國民中學教師、省立澎湖水產高級職業學校國文科教師、私立銘傳大學教授、私立東吳大學教授兼學系主任暨研究所所長。又曾任中華基督教衛理公會副董事長、衛理神學院董事、基督教論壇報社務委員、中華詩學會常務理事、東吳大學臺北校友會理事、考試院典試委員、國家文官學院講座。目前為東吳大學與實踐大學兼任教授、東吳大學中國文學系數位內容及技術研究室召集人、楹聯研究室召集人、中華詩學會理事、衛理公會福音園管理委員會主席、安素堂執事會主席。主要著作，專書有：《現存唐人詩格著述初探》、《方虛谷詩及詩學理論》、《皎然詩式輯校新編》、《皎然詩式研究》、《增廣詩韻集成校訂》、《唐詩三百首新編》、《古典詩韻易檢》、《近體詩創作理論》、《唐人五絕百首選讀》、《唐人七絕百首選讀》、《台英離形數位輸入法》、《中文字離形數位化系統（常用字編）》、《三種ㄅㄆㄇ數位化系統（常用字編）》、《海雲英文數位化系統（六千英文

常用單字編）》、《英文數位化系統及其應用》、《挑戰密碼》，電子書及光碟產品有：《海雲ㄅㄆㄇ數碼輸入法》、《台英離形數位輸入法》、《唐詩選編》、《唐詩三百首寫入系統》、《宋詞三百首寫入系統》、《千家詩寫入系統》、《唐詩詩牌遊戲》、《1000 英文單字遊戲》、《萬首唐人絕句檢索系統》、《唐詩三百首檢索系統》、《宋詞三百首檢索系統》、《元曲三百首檢索系統》、《文心雕龍全文檢索》、《世說新語全文檢索》、《樂府詩集全文檢索》、《昭明文選電子書》、《紅樓夢電子書》、《三國演義電子書》、《儒林外史電子書》、《西遊記電子書》、《水滸傳電子書》、《文心雕龍電子書》、《史記電子書》、《藝文類聚電子書》、《歷代詩話二十七種電子書》。古典詩、現代詩創作集有：並蒂詩情（合著）、並蒂詩香（合著）。此外，主持東吳大學「共通課程教學提升計畫」，架設「文學與藝術教學網站」；主持東吳大學教學卓越計畫——完成「國文能力檢定」線上測驗系統以及「除錯蟲」線上遊戲系統；主持共十二屆「全球徵聯活動」。專利有：中文字離形數位化系統及其應用、一種計算機漢字輸入方法、一種計算機英文輸入方法、英文數碼輸入法、發聲陀螺等五項。

2013 年日月潭留影

·詩 論·

·現 代 詩·

·古 典 詩·

唐代近體詩平仄規範

壹、前言

　　唐代詩歌是中國文學史相當耀眼的一頁。代表這光芒萬丈的唐詩，應是「當時體」的律詩與絕句，即吾人所說的近體詩。論及唐詩興盛的原因，劉大杰《中國文學發展史》說是：詩人地位的轉移、政治的背景、詩歌形式的發展。[1]其他眾多中國文學史書籍，也都持有類似的說法。不可否認的，政治、經濟、社會地位、詩體發展這些都是近體唐詩之所以能快速風行開來的原因。但有一項常被忽略却是相當重要的因素，就是「當時體」本身的「調聲」規範已經定型；此一「詩格聲律」簡而易知，知而易行。[2]

　　現今所知近體詩「詩格聲律」，又稱「聲調譜」，又稱「平仄譜」，或稱為「詩譜」，規範篇章中的平仄變化，依據的是清代學者著作，如：王士禎《律詩定體》、趙執信《聲調譜》、翟翬《聲調譜拾遺》、董文渙《聲調四譜圖說》、翁方綱《五七言詩平仄舉隅》等。惟前述諸著作都是後人歸納唐詩作品而論斷，不無治絲益棼。考諸唐人詩學文獻，「調聲」規

1　劉大杰 1962 年修訂本《中國文學發展史》（臺北市：華正書局公司，2011 年 9 月 3 版），頁 413-418。

2　劉大杰修訂本《中國文學發展史》雖亦提到「詩歌形式的發展」，但並未觸及最關鍵的「詩格聲律」因素。

範在唐代初期即已確定，且遵行使用於近體詩創作，當時詩人都已明白知曉。日僧空海《文鏡秘府論》天卷中載錄不少調聲資料，其中有兩段標名為「調聲」及「元氏曰」的「調聲三術」，與初唐近體詩聲律的形成極為有關，是現存論及律詩聲律最早、最有系統且最簡易可行的重要詩格資料。「元氏曰」云云，即是元兢詩學著述《詩髓腦》書中的「調聲三術」；而「調聲」這一大段文字，應是王昌齡《詩格》書中的調聲資料。由於《文鏡秘府論》一書在清代楊守敬訪書回國之前，只盛行於東土日本，故民初以前的學者都不知道有元兢其人其書。王昌齡《詩格》殘編雖存於中國，南宋·陳應行《吟窗雜錄》即有收錄，但自清·紀昀《四庫全書總目提要》斥為偽托後，前輩學者咸信其言，始終未給予重視。然而此二則調聲資料關係中國文學史，尤其是唐詩演進史的真相，十分的重要。可以這麼地說，由於初唐元兢所定型的近體詩聲律簡易可行，故能自宮廷而普及民間，復藉君王提倡，科舉造勢，遂使唐朝「當時體」風行天下；盛唐王昌齡進一步以「詩家夫子」身分講授近體詩創作，其《詩格》一書再度整理規範「調聲」，有肯定、緒衍與推波助瀾的作用，遂使近體詩平仄規範，通行寰宇。[3]本文寫作，目的即在於闡釋這一重要的「詩格」材料，使眾多讀者知道吾人熟悉的近體詩平仄規範，初唐時期已經定

3　空海〈書劉希夷集獻納表〉云：「王昌齡《詩格》一卷，此是在唐之日，於作者邊偶得此書。古詩格等，雖有數家，近代才子，切愛此格。」見盧盛江：《文鏡秘府論彙校彙考》前言（北京市：中華書局，2006年4月），頁3。

型且普遍被遵循了。

貳、元兢調聲三術的詮釋

　　茲據盧盛江《文鏡秘府論彙校彙考》迻錄「調聲三術」原文並略作按語，再分項逐一解說之。

　　元氏曰：聲有五聲，角徵宮商羽也。分於文字四聲，平上去入也。宮商為平聲，徵為上聲，羽為去聲，角為入聲。故沈隱侯論云：「欲使宮徵相變，低昂舛節，若前有浮聲，則後須切響。一簡之內，音韻盡殊；兩句之中，輕重悉異。妙達此旨，始可言文。」固知調聲之義，其為大矣！調聲之術，其例有三：一曰換頭，二曰護腰，三曰相承。

　　一、換頭者。
　　若兢於〈蓬州野望〉詩云：「飄颻宕渠域，曠望蜀門隈。水共三巴遠，山隨八陣開。橋形疑漢接，石勢似煙迴。欲下他鄉淚，猿聲幾處催。」此篇第一句頭兩字平，次句頭兩字去上入。次句頭兩字去上入，次句頭兩字平。次句頭兩字又平，次句頭兩字去上入。次句頭兩字又去上入，次句頭兩字又平。如此輪轉，自初以終篇，名為雙換頭，是最善也。若不可得如此，即如篇首

第二字是平，下句第二字是用去上入；次句第二字又用去上入，次句第二字又用平。如此輪轉終篇，唯換第二字，其第一字與下句第一字用平不妨，此亦名為換頭，然不及雙換。又不得句頭第一字是去上入，次句頭用去上入，則聲不調也。可不慎歟！

此換頭或名拈二。拈二者，謂平聲反一字去上入為一（按、此處疑有脫誤）安。第一句第二字若是上去入聲，則第二、第三句第二字皆須平聲，第四、第五句第二字還須上去入聲，第六、第七句安平聲，以次避之。如庾信詩云：「今日小園中，桃華數樹紅；欣開一壺酒，細酌對春風。」（按、此疑缺「華」字）與（按、此疑缺「開同平聲」四字），日與酌同入聲。只如此體，詞合宮商，又復流美，惟此為佳妙。（盧盛江《文鏡秘府論彙校彙考》無「此換頭或名拈二」一段文字，據王利器《文鏡秘府論校注》訂補本錄入，且加按語。）

二、護腰者。

腰，謂五字之中第三字也。護者，上句之腰不宜與下句之腰同聲。然同去上入則不可，用平聲無妨也。庾信詩曰：「誰言氣蓋代，晨起帳中歌。」「氣」是第三字，上句之腰也，「帳」亦第三字，是下句之腰，此為不調。宜護其腰，慎勿如此。

三、相承者。

若上句五字之内，去上入字則（按、「則」疑作甚）多，而平聲極少者，則下句用三平承之。用三平之術，向上、向下二途，其歸道一也。三平向上承者，如謝康樂詩云：「溪壑斂暝色，雲霞收夕霏。」上句唯有「溪」一字是平，四字是去上入，故下句之上用「雲霞收」三平承之，故曰上承也。三平向下承者，如王中書詩曰：「待君竟不至，秋雁雙雙飛。」上句唯有（按、此疑缺「君」字）一字是平，四（按、此疑缺「字是」二字）去上入，故下句末「雙雙飛」三平承之，故云三平向下承也。[4]

上文元兢論述的重點，在於「調聲三術」理論的提出。據此可知元兢不只首先將「四聲二元化」確定，還提出「換頭」解決了「黏式律」的問題，更以自己創作成功定型了五言「當時體」的基本律句與基本格式，復規範「不論」和「拗救」的原則，一舉擺脫「四聲八病」的束縛；此關係唐朝五言律詩聲律格式至為重要。茲為更清楚明白其用心，容再逐項敘述於後。

4　見盧盛江：《文鏡秘府論彙校彙考》，頁156-168。

一、換頭術

　　據前引元兢「換頭術」資料，可知元兢主要論點與卓越貢獻有四大項：

　　甲、換頭依據是平聲（揚）與上去入三聲（抑）的對舉。此論即後人所謂的「平仄二元化」，元兢雖未使用「平仄」二字，但已首先將近體聲律確定區分成兩類，事實上已認識到揚和抑的概念，這是相當進步的思維。[5]

　　乙、通篇八句之換頭，關鍵在於每句的第二字，必須遵守平聲（揚）與上去入三聲（抑）互換輪轉，此即後人所謂的「黏對」法則，元兢已首先將它規範了。

　　丙、〈蓬州野望〉詩雖是「雙換頭」，然而又說一聯兩句「拈二」即可，明白標示首字可以不論；但能不同聲（指平與上去入任何一聲）最善，同是平聲亦無妨，同是上去入則不可。注意，當中所謂「同是上去入則不可」，是指某關鍵位置是不能同用兩上、兩去、或兩入，而非上去、去入或上入的不可用。據此，元兢又規範了首字不論的原則。

　　丁、成功定型了五言詩的基本律句與基本定式。

5　啟功《詩文聲律論稿》云：「自古代至現代的全國漢語方言，如從複雜的方面講，許多字的讀音，各時代、各地區互有不同，可以說是千差萬別；……方音差別的情況：有些地方，平上去入四聲各分陰陽，甚至可多到九聲、十聲，但無論各有幾聲，都可以概括地分為兩大調，即『平』（包括陰平和陽平）和『仄』（或稱『側』，包括平以外各聲）。可以說平和仄（揚和抑）是漢語聲調中最低限度的差別，也可以說是古典詩文聲律中最基本的因素。」（北京市：中華書局，2000年4月），頁3。

　　甲、乙、丙三項論點，閱讀上文所引資料即明白可知。至於丁項，「五言詩的基本律句與基本定式」，前述資料中雖未清楚言明，惟元兢若無基本律句的構思，則「雙換頭」的輪換，只有每句前兩字的改變，亦無助於整體調聲的和諧。且舉一例說明，首句安置「平平平仄仄」，設若無基本律句的構思，次句可能是「仄仄仄平平」，也可能是「仄仄平仄仄」、「仄仄仄仄仄」或是「仄仄平平平」。若屬於後三者，聲律皆不合「浮聲切響」原則。故余大膽假設，元兢自作〈蓬州野望〉一詩的調聲情形，就是明白標示出五言詩的基本律句與基本定式。現將此詩的聲律（平聲以平表示，上去入三聲以仄表示；元兢當日雖未以「平仄」二字表示，但換頭的輪轉即隱含「平」與「仄」對舉，故逕以平仄視之。）分析如下：

　　　　平平仄平仄，仄仄仄平平；仄仄平平仄，平平仄仄平。
　　　　平平平仄仄，仄仄仄平平；仄仄平平仄，平平仄仄平。

　　觀察此詩的平仄調配情形，除首句外，明顯只有「平平平仄仄、仄仄仄平平、仄仄平平仄、平平仄仄平」四種句型。此四種句型在「換頭術」輪轉時，最能達成通篇聲律諧協的要求，最符合沈約「浮聲切響」原則，故納為五言詩的基本律句。而元兢〈蓬州野望〉詩第一句頭兩字平，次句頭兩字去上入，以此輪換形成的八句詩，正與後人所謂「平起格五律基本定式」相同。

推敲元氏此「換頭術」法則，其論「此換頭或名拈二」的一小段文字，復將八句作另一組輪換，第一句先用去上入，次句用平，理應可再構成今人所謂的「仄起格五律基本定式」。

若然，再進一步可理解，元兢所謂「換頭術」有兩種。一是「雙換頭」，一是「拈二」；拈二可視為「單換頭」。在實際的創作中，元兢發現「雙換頭」束縛過多，故又設計出「拈二」作為補救。揆其主要用意，應是規範兩句間首字可不論的原則，也是為了解決「八病」之一「平頭」問題。[6]

二、護腰術

「護腰術」旨在規範兩句間第三字可不論以及拗救的情形。原資料雖僅舉庾信詩的病犯，但推敲其用意，護腰應不限於此二句。元兢認為四種基本律句應可配成兩聯，兩聯中首字可不論，第三字也可不論，唯第三字不論時「宜護其腰」。護腰之法應是一聯兩句相互配合，兩句第三字能不同聲（指平與上去入任何一聲）最善，同用平聲也無妨，同用兩上、兩去、兩入聲則不可。余再三忖度元兢此處用意，「護腰術」實兼有後人所謂的「可不論」與「拗救」情形。所以筆者延伸出元兢所謂一聯兩句中已護其腰應有四類情形：一是基本式句型。二是第三字更動後仍能不同聲（指平與上去入任何一聲）；此種

6　「八病」問題，《文鏡秘府論》西卷收錄頗多資料，可參考。

應屬拗救式。三是第三字皆用平聲；此種之對句應是可不論。四是第三字更動後能同上去入而不同聲（不同用兩上、兩去、兩入）；此種可視為允許的拗律。茲為更清楚說明起見，特將「護腰術」第三字的變化情形演示如下：

　　仄起聯：仄仄平平仄，平平仄仄平。這一聯兩句的變化情形。

　1.仄仄平平仄，平平仄仄平。這是第三字已護其腰，最善。此乃基本式。

　2.仄仄仄平仄，平平平仄平。這是第三字能護其腰，亦善。應屬拗聯法。

　3.仄仄平平仄，平平平仄平。這是第三字皆用平無妨。對句應是不論式。

　4.仄仄仄平仄，平平仄仄平。這是第三字未護其腰，律不調。但出句也是允許的拗字法。

　　平起聯：平平平仄仄，仄仄仄平平。這一聯兩句的變化情形。

　1.平平平仄仄，仄仄仄平平。這是第三字已護其腰，最善。此乃基本式。

　2.平平仄仄仄，仄仄平平平。這是第三字能護其腰，亦善。是三平向下承。

　3.平平平仄仄，仄仄平平平。這是第三字皆用平無妨。對句應可視為不論。

　4.平平仄仄仄，仄仄仄平平。這是第三字未護其腰，律不

調。但出句也是允許的拗字法。

由於元兢「護腰術」的規範，強調其第三字同上去入兩句，若非同上、同去、同入聲的情形，理論上都可接受，因而前述兩聯中屬於「4」的變化情形，猶不能一律視之為「律不調」。故而唐人五言律詩常出現「平平仄仄仄」、「仄仄仄平仄」兩種「拗字」句型。此應可視為特殊律句，或是「第三字不論」。此為元兢「護腰術」強調的論點之一，必須再三說明。

三、相承術

「相承術」旨在說明十字之內，上下兩句浮聲切響互補的情形。因此，可視為兩種「拗聯」類型。茲分別說明如下：

甲：仄仄平平仄，平平仄仄平。這規範「仄起聯」兩句的拗救情形。

上句三、四字若有所改變，造成去上入太多，則下句第三字換成平聲字救之。此曰「三平向上承」。上句拗律的情形，有可能是第三字或第四字，亦有可能是三、四字同時出現，但下句救的情形一律都是三平向上承之。茲為更清楚起見，特演示如下：

1. 仄仄仄平仄，平平平仄平。這是上句單拗第三字，下句救以三平向上承之。

2. 仄仄平仄仄，平平平仄平。這是上句單拗第四字，下句救以三平向上承之。

3.仄仄仄仄仄,平平平仄平。這是上句同時拗三、四兩字,
　下句救以三平向上承之。

乙:平平平仄仄,仄仄仄平平。這規範「平起聯」兩句的拗
　救情形。

　　上句一、三字若同時改變,造成去上入太多,則下句第三
字換成平聲字救之。此曰「三平向下承」。演示如下:

　　仄平仄仄仄,仄仄平平平。上句同時拗一、三兩字,下句
救以三平向下承之。

　　余曾據《全唐詩》統計初唐時期五律作品,發現甲類相承
術,在元兢同時或稍後已有詩人採用。此法沿用至今已成為公
認的「拗救」方式。而乙類相承術,當時運用情形已屬罕見,
今人更目為「失律」情況。[7]

參、王昌齡調聲術的詮釋

　　日僧空海《文鏡秘府論》天卷中載錄無名氏的「調聲」資
料,此段資料雖出現在「元氏曰」的「調聲三術」之前,惟從
所錄資料的實際內容觀察,「調聲」云云,應是王昌齡《詩
格》資料。近代學者均持此看法,如王利器《文鏡秘府論校
注》訂補本謂:「此即王昌齡《詩格》語也。」[8]張伯偉《全

7　乙類相承術,如常建〈題破山寺後禪院〉:「山光悅鳥性,潭影空人心。」出句
　「平仄仄仄」本可拗而不救,今對句之「空人心」,即是三平向下承之。惟此種
　相承術,在《全唐詩》中例子不多見。

8　王利器:《文鏡秘府論校注》訂補本(臺北市:貫雅文化事業公司,1991 年 12

唐五代詩格校考》謂：「舊題王昌齡撰。」[9]盧盛江《文鏡秘府論彙校彙考》謂：「調聲一題可能為空海關聯前篇《調四聲譜》，根據本篇內容，取王昌齡《詩格》中「律調其言」句意而自擬。」[10]日人中澤希男《札記》及其《王昌齡詩格考》以為出自王昌齡《詩格》。[11]

茲據盧盛江《文鏡秘府論彙校彙考》迻錄「調聲」如下：

> 或曰：凡四十字詩，十字一管，即生其意。頭邊二十字，一管亦得。六十、七十、百字詩，二十字一管，即生其意。語不用合帖，須直道天真，宛媚為上。且須識一切題目義，最要立文，多用其意。須令左穿右穴，不可拘檢。作語不得辛苦。須整理其道，格。（格，意也。意高為之格高，意下為之下格。）律調其言，言無相妨。
>
> 以字輕重清濁間之須穩。至如有輕重者，有輕中重，重中輕，當韻之即見。且莊字全輕，霜字輕中重，瘡字重中輕，床字全重。如清字全輕，青字全濁。詩上句第二字重中輕，不與下句第二字同聲為一管。上去入聲一管。上句平聲，下句上去入。上句上去入，下句平聲。

月），頁36。

9　張伯偉：《全唐五代詩格校考》（西安市：陝西人民教育出版社，1996年7月），頁126。

10　盧盛江：《文鏡秘府論彙校彙考》，頁111。

11　轉引盧盛江：《文鏡秘府論彙校彙考》考釋，頁111-112。

以次平聲，以次又上去入。以次上去入，以次又平聲。如此輪迴用之，宜至於尾，兩頭（按、此脫「一」字）管。上去入相近。是詩律也。

五言平頭正律勢尖頭。

皇甫冉詩曰（五言）：「中司龍節貴，上客虎符新。地控吳襟帶，才光漢縉紳。泛舟應度臘，入境便行春。何處歌來暮，長江建鄴人。」

又錢起〈獻歲歸山〉詩曰（五言）：「欲知禺谷好，久別與春還。鶯暖初歸樹，雲晴卻戀山。石田耕種少，野客性情閑。求仲時應見，殘陽且掩關。」

又五言絕句詩曰：「胡風迎馬首，漢月送蛾眉。久戍人將老，長征馬不肥。」

又崔曙〈試得明堂火珠〉詩曰：「正位開重屋，淩空出火珠。夜來雙月滿，曙後一星孤。天淨光難滅，雲生望欲無。終期聖明代，國寶在名都。」

又陳潤〈罷官後卻歸舊居〉詩曰：「不歸江畔久，舊業已凋殘。露草蟲絲濕，湖泥鳥跡乾。買山開客舍，選竹作魚竿。何必勞州縣，驅馳效一官。」

齊梁調詩。

張謂〈題故人別業〉詩曰（五言）：「平子歸田處，園林接汝濆。落花開戶入，啼鳥隔窗聞。池淨流春水，山

明斂霽雲。晝遊仍不厭,乘月夜尋君。」

何遜〈傷徐主簿〉詩曰(五言):「世上逸群士,人間徹總賢。畢池論賞託,蔣徑篤周旋。」

又曰:「一旦辭東序,千秋送北邙。客簫雖有樂,鄰笛遂還傷。」

又曰:「提琴就阮籍,載酒覓揚雄。直荷行罩水,斜柳細牽風。」

七言尖頭律。

皇甫冉詩曰:「閑看秋水心無染,高臥寒林手自栽。盧阜高僧留偈別,茅山道士寄書來。燕知社日辭巢去,菊為重陽冒雨開。淺薄何時稱獻納,臨歧終日自遲迴。」

又曰:「自哂鄙夫多野性,貧居數畝半臨湍。溪雲帶雨來茅洞,山鵲將雛上藥欄。仙籙滿床閑不厭,陰符在篋老羞看。更憐童子宜春服,花裡尋師到杏壇。」

　　此一大段資料的內容,歸納有三項重點。一、講作詩必須「律調其言」,使詩篇音律和諧;二、如何調暢聲之平上去入和清濁輕重,以及兩管輪迴用之;三、舉詩例說明五七言律詩正例和齊梁調詩。茲再分項逐一詮釋之。

一、作詩必須律調其言

　　凡四十字詩，主要指五律而言。是說五言八句的律詩，必須講究通篇音律和諧；兩句十字一管，四句二十字一管，都必須律調其聲。「律調」，意為以某種規範約束、調暢之，使其輕重清濁相間而產生和諧平穩的音調。且不單四韻八句如此，六十字的五言六韻、七十字的五言七韻、一百字的五言十韻詩，都是以二十字一管，即生其意。律調其言，使言無相妨，不單兩句十字須調聲，而四句二十字一管，也必須調其聲。這是較元兢只講五言律詩，又延伸至五言排律了。

二、平聲與上去入聲兩管輪迴用之

　　漢字中古音，經沈約等六朝詩人努力區別出有「平上去入」四聲。元兢等初唐詩人就是以「平上去入」來調聲，而王昌齡更進一步推敲其「輕重清濁」，「以字輕重清濁間之須穩」。例如：莊字全輕，霜字輕中重，瘡字重中輕，床字全重。清字全輕，青字全濁。因此，詩上句第二字重中輕，不與下句第二字同聲。若上句第二字用平聲，下句第二字就需用上去入。上句第二字用上去入，下句第二字就需用平聲。以次平聲，以次又上去入。以次上去入，以次又平聲。如此輪迴用之。這是較元兢「換頭」依據平聲與上去入三聲對舉，同是平聲無妨，同是上去入則不可，又延伸出推敲其「輕重清濁」。

音律講究雖更加細膩，但仍是緒衍元兢「換頭術」的方法。又進一步區分出「平頭」與「側頭」輪換的詩例，這已經和「平」、「仄」二字符號貼近了。而且更由元兢標示之五律延伸至七律，尤須特別注意。

三、舉詩例說明五七言律詩正例和齊梁調詩

這部分所舉有五律、七律和齊梁調詩例，反映了「當時體」的創作實況。惟所舉詩人有後出於王昌齡者，如皇甫冉（717~770）、錢起（710？~782？）、陳潤（771 前後仍在世），可見空海來華所攜回的王昌齡《詩格》並非王氏親撰手稿，「而是出於其門人的筆錄彙輯，因而難免摻入了某些稍後的文獻」。[12]筆者閱讀發現空海彙輯資料，也有失誤和不全的地方；或許彼時所見資料已殘缺。

例如有「五言平頭正律勢尖頭」，而漏列「五言側頭正律勢尖頭」。[13]前述所引資料中，皇甫冉、錢起、陳潤三人的詩都是「五言平頭正律勢尖頭」，而崔曙〈試得明堂火珠〉是「五言側頭正律勢尖頭」。張謂〈題故人別業〉仍然是「五言側頭正律勢尖頭」，並非齊梁調詩。此中「平頭」術語，是指

12　見張伯偉：《全唐五代詩格校考》，頁 125。

13　《眼心抄》以崔曙〈試得明堂火珠〉繫於「五言側頭正律勢尖頭」之下。《校勘記》：「《眼心抄》此詩前冠於『五言側頭正律勢尖頭』九字，這是與前面的『五言平頭正律勢尖頭』相對的標目，《論》當存在，但並非傳寫時的脫落，恐草本時已脫落。」此詩首句仄起仄收，所以為「側頭」律。詳見盧盛江：《文鏡秘府論彙校彙考》，頁 140。

詩首句第二字為平聲;「側頭」術語,是指詩首句第二字為上、去或入聲(即仄聲)。「尖頭」術語,係指詩首句末字為上、去或入聲(即仄聲);應是首句不押韻。可知當時創作律詩,五律和七律都是首句不必押韻。而齊梁調詩引何遜〈傷徐主簿〉一詩及又曰、又曰,共十二句,理應合併為一首,惟《何記室集》中佚載此詩,遂無由考證了。

又如七言尖頭律,標目未區分「七言平頭正律勢尖頭」與「七言側頭正律勢尖頭」,而所舉二詩正好分別是「七言平頭正律勢尖頭」和「七言側頭正律勢尖頭」的例子。

又五言絕句詩,只舉一種,也未作說明。且絕句未見諸《全唐詩》,市川寬齋《全唐詩逸》錄此詩,以之繫錢起作。今考末二句出自郭震〈塞上〉,詩云:「塞外虜塵飛,頻年出武威。死生隨玉劍,辛苦向金微。久戍人將(一作偏)老,長征馬不肥。仍聞酒泉郡,已合數重圍。」[14]原是五言律詩。此係截郭震詩頸聯兩句,又在前頭加上兩句。但「胡風迎馬首,漢月送蛾眉。」是上平四支韻;「久戍人將老,長征馬不肥。」是上平五微韻。兩者不同韻部,疑是後人筆記而誤入正文。竊以為列舉五言絕句詩一種,殊無意義。五言絕句比照五律之調聲,乃二十字一管,即生其意。何況舉五言絕句,不列七言絕句,於理也說不通。筆者大膽假設,此應是舉郭震詩為「五言側頭正律勢尖頭」之例。如此一來,「五言側頭正律勢

---

14 見《全唐詩》第三冊卷66(北京市:中華書局),頁757。

尖頭」有三個詩例，正好和「五言平頭正律勢尖頭」三個詩例
相同。

肆、律句平仄安排與變化

　　依據前述《文鏡秘府論》天卷所載兩則詩歌調聲的資料，
可演繹出近體詩律句平仄安排與變化情形如下：

一、基本式（平仄的定式）

（一）五言基本式四句

1. 平平平仄仄（五言平起出句）

2. 仄仄仄平平（五言仄起對句）

3. 仄仄平平仄（五言仄起出句）

4. 平平仄仄平（五言平起對句）

（二）七言基本式四句

1. 仄仄平平平仄仄（七言仄起出句）

2. 平平仄仄仄平平（七言平起對句）

3. 平平仄仄平平仄（七言平起出句）

4. 仄仄平平仄仄平（七言仄起對句）

二、不論式（平仄的調整）

（一）五言不論式四句

1. 平平平仄仄（五言平起出句第一字或平或仄可不論）
2. 仄仄仄平平（五言仄起對句第一字或平或仄可不論）
3. 仄仄平平仄（五言仄起出句第一字或平或仄可不論）
4. 平平仄仄平（五言平起對句第三字或平或仄可不論）

（二）七言不論式四句

1. 仄仄平平平仄仄（七言仄起出句第一字和第三字或平或仄可不論）
2. 平平仄仄仄平平（七言平起對句第一字和第三字或平或仄可不論）
3. 平平仄仄平平仄（七言平起出句第一字和第三字或平或仄可不論）
4. 仄仄平平仄仄平（七言仄起對句第一字和第五字或平或仄可不論）

三、拗救式（平仄的通變）

（一）拗字法（此法拗而不救，有兩種句型，都拗在出句；五言第三字，七言第五字。）

1. 甲種拗字法

平平仄仄仄（五言平起出句）；仄仄平平仄仄仄（七言仄起

出句）

2.乙種拗字法

仄仄仄平仄（五言仄起出句）；平平仄仄仄平仄（七言平起
出句）

（二）拗句法（此法拗而本句救，有兩種句型，五言都在平
　　　起句，七言都在仄起句。）

1.甲種拗句法

平平仄平仄（五言平起出句）；仄仄平平仄平仄（七言仄起
出句）

2.乙種拗句法

仄平平仄平（五言平起對句）；仄仄仄平平仄平（七言仄起
對句）

（三）拗聯法（此法出句拗而對句救，有參種六式句型，五
　　　言都在仄起聯，七言都在平起聯。）

1.甲種拗聯法子式

仄仄仄平仄，平平平仄平。（五言仄起聯）

平平仄仄仄平仄，仄仄平平平仄平。（七言平起聯）

2.甲種拗聯法丑式

仄仄仄平仄，仄平平仄平。（五言仄起聯）

平平仄仄仄平仄，仄仄平平平仄平。（七言平起聯）

3.乙種拗聯法子式

仄仄平仄仄，平平平仄平。（五言仄起聯）

平平仄仄平仄仄，仄仄平平平仄平。（七言平起聯）

4.乙種拗聯法丑式

仄仄平仄仄，仄平平仄平。（五言仄起聯）

平平仄仄平仄仄，仄仄仄平平仄平。（七言平起聯）

5.丙種拗聯法子式

仄仄仄仄仄，平平平仄平。（五言仄起聯）

平平仄仄仄仄仄，仄仄平平平仄平。（七言平起聯）

6.丙種拗聯法丑式

仄仄仄仄仄，仄平平仄平。（五言仄起聯）

平平仄仄仄仄仄，仄仄平平平仄平。（七言平起聯）

說明：

一、拗字法兩種情形都拗在出句，此法本句不必救，對句也不必救。此拗法因不必救，所以有人將它看作不論；為避免混淆，筆者仍主張拗字處理。乙種拗字法尤須注意對句的變化，若對句相救，則出句已經不是單純的拗字，應歸入甲種拗聯法去看待。

二、拗句法兩種情形都是本句自拗自救，他句仍不受影響。甲

種拗句法在唐人近體詩中出現頻率相當多，因此舊日有一種口訣說「二四六分明」，顯然是無法適用於甲種拗句法身上。至於乙種拗句法，即一般俗稱的「孤平拗救」。「孤平拗救」單獨出現情形較少，經常伴隨拗聯法，以丑式型態出現為多。

三、拗聯法雖說有三種情形，但拗者都在出句，救者都在對句，且五言都是仄起聯才有，七言都是平起聯有之，還算是單純易記。

四、拗救式雖從基本式變化來，但句中若原屬於不論的情形，也可同時允許其不論而並存。例如：五言平起出句「平平平仄仄」，第一字本可不論，所以甲種拗字法，就會有「平平仄仄仄」和「仄平仄仄仄」兩種句型。而五言仄起出句「仄仄平平仄」，第一字本可不論，所以乙種拗字法，就會有「仄仄仄平仄」和「平仄仄平仄」兩種句型。

伍、聲律結構基本圖譜與詩例

一、聲律結構基本圖譜（簡稱「聲調譜」）

依據前述《文鏡秘府論》天卷所載兩則詩歌調聲的資料，可歸納出近體詩的聲律結構基本圖譜如下：

1. 五律平起格聲調譜

平平平仄仄，仄仄仄平平。仄仄平平仄，平平仄仄平。
平平平仄仄，仄仄仄平平。仄仄平平仄，平平仄仄平。

2. 五律仄起格聲調譜

仄仄平平仄，平平仄仄平。平平平仄仄，仄仄仄平平。

仄仄平平仄，平平仄仄平。平平平仄仄，仄仄仄平平。

3. 七律平起格聲調譜

平平仄仄平平仄，仄仄平平仄仄平。仄仄平平平仄仄，平平
仄仄仄平平。

平平仄仄平平仄，仄仄平平仄仄平。仄仄平平平仄仄，平平
仄仄仄平平。

4. 七律仄起格聲調譜

仄仄平平平仄仄，平平仄仄仄平平。平平仄仄平平仄，仄仄
平平仄仄平。

仄仄平平平仄仄，平平仄仄仄平平。平平仄仄平平仄，仄仄
平平仄仄平。

5. 五絕平起格聲調譜

平平平仄仄，仄仄仄平平。仄仄平平仄，平平仄仄平。

6. 五絕仄起格聲調譜

仄仄平平仄，平平仄仄平。平平平仄仄，仄仄仄平平。

7. 七絕平起格聲調譜

平平仄仄平平仄，仄仄平平仄仄平。仄仄平平平仄仄，平平
仄仄仄平平。

8. 七絕仄起格聲調譜

仄仄平平平仄仄，平平仄仄仄平平。平平仄仄平平仄，仄仄
平平仄仄平。

說明：

觀察上述諸譜，可以發現五律八句是五絕四句的增加一倍，七律八句是七絕四句的增加一倍；而七絕是從五絕每句頭上增加兩個字，將仄起變成平起，平起變成仄起罷了。因此，若能記住五絕兩種定式，則所有近體詩的聲調譜都可以推演出來。至於五絕兩種定式，其實也很簡單，只不過把律句基本式四句先分為：平起聯（平平平仄仄，仄仄仄平平。）和仄起聯（仄仄平平仄，平平仄仄平。）平起聯在前，仄起聯在後，這是五絕平起格聲調譜；仄起聯在前，平起聯在後，這是五絕仄起格聲調譜。

二、近體詩詩例

前述近體詩的聲調譜都由四句律句基本式推演出來。但是詩人實際創作時，不全然按照基本式圖譜來調聲的，有時基本式伴隨不論式出現，有時基本式伴隨拗救式出現，有時不論式伴隨拗救式出現，有時是基本式、不論式、拗救式一同出現，其錯綜變化，無法一一列出譜式來。幸好萬變不離其宗，雖運用十分靈活，但千變萬化仍脫不了「聲律結構圖譜」的八個基本聲調譜。以下就舉唐人近體詩例，觀察其變化情況，以收舉一反三之效。

1. 五律平起格詩例

王維〈山居秋暝〉：

空山新雨後（平平平仄仄　基本式）

天氣晚來秋（平仄仄平平　不論式　首字不論）

明月松間照（平仄平平仄　不論式　首字不論）

清泉石上流（平平仄仄平　基本式）

竹喧歸浣女（仄平平仄仄　不論式　首字不論）

蓮動下漁舟（平仄仄平平　不論式　首字不論）

隨意春芳歇（平仄平平仄　不論式　首字不論）

王孫自可留（平平仄仄平　基本式）

2. 五律仄起格詩例

孟浩然〈早寒江上有懷〉：

木落雁南度（仄仄仄平仄　拗救式　第三字平拗仄）

北風江上寒（仄平平仄平　甲種拗聯法丑式　第三字用平救本
句首字，又救出句）

我家襄水曲（仄平平仄仄　不論式　首字不論）

遙隔楚雲端（平仄仄平平　不論式　首字不論）

鄉淚客中盡（平仄仄平仄　不論兼拗救式　首字不論　第三字
平拗仄）

孤帆天際看（平平平仄平　甲種拗聯法子式　第三字用平救出句）

迷津欲有問（平平仄仄仄　甲種拗字法　第三字平拗仄）
平海夕漫漫（平仄仄平平　不論式　首字不論）

3. 七律平起格詩例
杜甫〈九日〉：

重陽獨酌杯中酒（平平仄仄平平仄　基本式）
抱病起登江上臺（仄仄仄平平仄平　乙種拗句法）
竹葉於人既無分（仄仄平平仄平仄　甲種拗句法）
菊花從此不須開（仄平平仄仄平平　不論式　第一、三字均不論）
殊方日落玄猿哭（平平仄仄平平仄　基本式）
舊國霜前白雁來（仄仄平平仄仄平　基本式）
弟妹蕭條各何往（仄仄平平仄平仄　甲種拗句法）
干戈衰謝兩相催（平平平仄仄平平　不論式　第三字不論）

4. 七律仄起格詩例
元積〈遣悲懷〉：

昔日戲言身後意（仄仄仄平平仄仄　不論式　第三字不論）
今朝皆到眼前來（平平平仄仄平平　不論式　第三字不論）
衣裳已施行看盡（平平仄仄平平仄　基本式）
針線猶存未忍開（平仄平平仄仄平　不論式　首字不論）

尚想舊情憐婢僕（仄仄仄平平仄仄　不論式　第三字不論）

也曾因夢送錢財（仄平平仄仄平平　不論式　第一、第三字均不論）

誠知此恨人人有（平平仄仄平平仄　基本式）

貧賤夫妻百事哀（平仄平平仄仄平　不論式　首字不論）

5. 五絕平起格詩例

王維〈送別〉：

山中相送罷（平平平仄仄　基本式）

日暮掩柴扉（仄仄仄平平　基本式）

春草明年綠（平仄平平仄　不論式　首字不論）

王孫歸不歸（平平平仄平　不論式　第三字不論）

6. 五絕仄起格詩例

李商隱〈樂遊原〉：

向晚意不適（仄仄仄仄仄　第三、四字同時拗作仄）

驅車登古原（平平平仄平　丙種拗聯法子式　第三字用平救出句）

夕陽無限好（仄平平仄仄　不論式　首字不論）

只是近黃昏（仄仄仄平平　基本式）

7. 七絕平起格詩例

杜甫〈江南逢李龜年〉：

歧王宅裏尋常見（平平仄仄平平仄　基本式）

崔九堂前幾度聞（平仄平平仄仄平　不論式　首字不論）

正是江南好風景（仄仄平平仄平仄　甲種拗句法）

落花時節又逢君（仄平平仄仄平平　不論式　第一、第三字均不論）

8. 七絕仄起格詩例

李益〈夜上受降城聞笛〉：

回樂峰前沙似雪（平仄平平平仄仄　不論式　首字不論）

受降城外月如霜（仄平平仄仄平平　不論式　第一、第三字均不論）

不知何處吹蘆管（仄平平仄平平仄不論式　第一、第三字均不論）

一夜征人盡望鄉（仄仄平平仄仄平　基本式）

陸、結論

　　據日僧空海《文鏡秘府論》天卷所載兩則調聲資料觀察，「調聲」規範在唐代初期即已確定，當時詩人都已明白知曉，

且遵行運用於近體詩創作。

　　「元氏曰」的「調聲三術」，是初唐元兢《詩髓腦》中的調聲理論，此與初唐近體詩聲律的形成極為有關，是現存論及五言律詩聲律最早、最有系統且最簡易可行的重要詩格資料。盛唐王昌齡進一步以「詩家夫子」身分講授近體詩創作，其《詩格》一書再度整理規範「調聲」，有肯定、緒衍與推波助瀾的作用，遂使近體詩平仄規範，通行寰宇；其影響極大。

　　元兢《詩髓腦》中的「換頭術」主要論點與卓越貢獻有四大項：一、將平聲（揚）與上去入三聲（抑）對舉，此即後人所說的「平仄」。二、換頭關鍵在於每句第二字，平聲（揚）與上去入三聲（抑）互換輪轉，此即後人所謂的「黏對」。三、指出「拈二」即可，明白標示首字可以不論。四、成功定型了五言近體詩的基本律句與基本定式。

　　元兢《詩髓腦》中的「護腰術」旨在規範兩句間第三字可不論以及拗救的原則，而「相承術」更規範了拗救中的兩類拗聯情形。

　　王昌齡《詩格》中的調聲資料，除緒衍元兢「換頭術」的理論，更進一步由元兢標示的五律聲律延伸至七律，此點尤須特別注意。

　　依據元兢《詩髓腦》的調聲資料，可歸納出近體詩的基本律句是：

1.平平平仄仄（五言平起出句）

2.仄仄仄平平（五言仄起對句）

3.仄仄平平仄（五言仄起出句）

4.平平仄仄平（五言平起對句）

　　近體詩的平仄變化，無論是五言或七言，無論是律詩或絕句，都可從這四個基本律句演繹出來。當中的平仄如果可以不論或拗救，都可以從「調聲三術」理論推演出來。吾人只要熟悉且掌握「調聲三術」理論，就能夠應付裕如於唐代近體詩的各體創作。

　　近體詩各體的聲調譜雖都由這四句基本律句推演出來，但詩人在實際的創作時，不全然是按照基本式來調配平仄的，有時基本式伴隨不論式出現，有時基本式伴隨拗救式出現，有時不論式伴隨拗救式出現，有時是基本式、不論式、拗救式共同出現，其間錯綜而靈活變化，無法一一列出譜式；若能明瞭其變化原則，亦無需一一列出譜式來。

過長沙

三過長沙
放眼盡是高樓大廈
來去匆匆
無緣尋覓詩人芳蹤
客指汨羅
斜陽下正楚天空闊
風吹漫颸
遠處乍現雁鴨點點

過嶽麓有感

嶽麓山下
莊嚴的千年古書院
斗大字體
望見令人油然欣羨

培育無數楚材

儒道果真南來

毓秀靈氣

生生不息

已染重症的臺灣高教

神仙出手恐也難救了

失序的教改如非典病毒

純樸的校園成戰場殺戮

失焦的教學評鑑

彷彿伊波拉蔓延

學術殿堂早已氣息奄奄

決策者自詡為是

附和者奉為聖旨

師生磨合彼此相安無事

台上自彈自唱隨心所欲

台下滑手低頭無拘無束

生曰我不犯你你不犯我

師道且走且戰且戰且走

忝列上庠

斯道不揚

徘徊不已

哽咽無語

無奈

根部已腐爛的樹

還能撐幾多寒暑

投身四十年教書

目睹二十年苦楚

錯誤的教育政策

讓新生一代變成了新遊牧民族

超過臺北市人口在大陸尋覓樂土

幾近臺中市人口在東南亞各地放牧

福爾摩沙找不到好工作

離鄉背井也是為討生活

人才大量流失海外

寶島要不沒落才怪

無奈啊無奈

臺灣的悲哀

秋日童話

秋日的午後
微陽自窗台穿透
五色鳥不住的鳴叫
哈拿促我探悉分曉
沿著黑板樹往上攀登
松鼠領路來到最高層
眼睛為之一亮乖乖
數十隻小鳥坐成排
故作姿態
正經八百
仄仄平平
吟詩作對

偷竊

某日自告奮勇採買
老婆千交代萬交代
回到家還是氣急敗壞

明明是買了五斤芹菜

硬生生被減兩痛宰

這真是個偷竊世代

做研究的教授偷科技部經費

寫論文的學生偷同領域智慧

造樓房的建商偷天換日

賣食油的老闆偷樑換柱

清晨孫子吵著講故事

故意賴床而呼聲酣睡

男的大叫阿公偷懶

女的也說阿公偷懶

左一聲右一聲

高一聲低一聲

入耳忽地膽戰心驚

心驚名列偷字一群

面具

是非不分世代

何必自怨自艾

真誠不理不睬

良善任人烹宰
佯狂非我能耐
逆耳加速危殆
終日面具一戴
倒也自由自在

無題一

今夜獨自望著星空
身旁座位留給晚風
青春的歲月
虛幻的事功
偽善席捲世界
血腥取代一切
純樸的溪城已被獵殺
校訓中正氣不敵狡猾

無題二

飄浮中朵朵白雲
猶如一副副面具
暗淡的河漢
星星空悲嘆
養天地正氣法古今完人
似已被封箱並披上俗塵
昔日直言暢談的快感
化成背道而馳的悲慘

美麗的轉身

冷冰冰的校園
隱藏許多黑暗
過多的謊言
已無法遮掩
連空氣中也飄散
一股刺鼻的欺瞞
原本該擁有的美德

早被溪水沖刷吞蝕
前面既是黑影
後面必有陽光
多言既已無益
轉身尋找自己

堅定與淡定

迎面奔向陽光
陰影留在身後
心地量量夠寬敞
前路就有多寬廣
堅定不移
淡定自怡

難圓美夢

三出三入
三入三出

不該來的都來了

不該走的都走了

多才天怪

一無牽掛

難忍瘋狗依舊狂吠

安素處士仍然否塞

美夢難圓

難圓美夢

重九登高

九月九日重陽來

藍天無一秋雲彩

登完陡峻的山道

勝似一世紀英豪

難關踏破

視野開闊

耳邊風在叫囂

足下雲在狂飆

有志登臨絕頂

何畏群小箭鋌

悟

退休以後
人生看透
昨天再大的事
今日都成了一椿小事
去稔再大的事
今年都成了如煙往事
任內再大的事
卸職都成了神話故事
今生再大的事
落幕都成了閒聊趣事
一樣都是不一樣
不一樣都是一樣

憶

金風颯起
秋桂落香蕊

陽光灑向母親織就的毛衣
溫暖了夢回的記憶
在幸福的故事裡
思念的眼淚
兀自地
空垂

陰雨

溪城的冬季
籠罩綿綿陰雨
室內瓷器蒙上
一層濕漉漉
窗外敲敲打打不停
落葉聲夾雜北風聲
淫雨晦澀了夜色的獨白
卻模糊不了澄澈的雙眸
蚍蜉欲撼動大樹
風浪裏幾度來去
窗外仍敲著驟雨
心中卻風和日麗

無悔

短暫人間行將空度
今生已無伯樂來顧
生命似高鐵列車
穿梭鄉村與都會
既不求虛華
自不必怨嗟
前台也好
後台也好
揭幕
謝幕

劇本

公無遠遊
公竟遠遊
遠遊失蹤
天理難容

某年某月某日
自導自演自製
心照不宣的事
為何瘋狂演出

茂陵多病之後
尚愛卓文君否
古井既已生波
荒謬劇不嫌多

妾雖不良
豈可無郎
尾牙吹皺一池春水
中橫路崎嶇也得行
作秀的事習以為常
呼天搶地招魂聲聲
天祥的山啊天祥的谷
無情的風啊無情的雲
織女牛郎啊阻隔河漢

原不信官拜署長堂兄
居然翻天覆地覓無蹤
夜夜夜夜闌人靜

孤孤孤孤影零丁

遮遮掩掩
指指點點
滿城風雨
四處耳語

難言

天祥陵谷
藍天白雲
阻絕河漢
非我無情
茂陵多病
尚愛文君
能忍則忍
能隱則隱
豈無孤憤
充耳不聞
每日嘲罵
午夜驚怕

靡不融融
鮮克有終
陰綱兮威振
歸鄉兮隨分
樂莫樂兮新相知
悲莫悲兮生別離

海沙與海風對話

海沙百思不解
五彩繽紛世界
為何盡是峭壁般對壘
人心鴻溝似美西峽谷

海風笑海沙太殷勤
日夜工作不停
築起水泥森林
海沙怪海風太無情
朝夕海面輕吹
不管都市污穢

海風對海沙細說
我曾跑遍全國
現代化都市五光十色
摩天大樓一箇高一箇
豪宅變多住房變小
空屋變多綠地變少

海沙對海風傾訴
我曾粉身碎骨
新興都會一座勝一座
街坊的市民相視冷漠
黑心變大赤心變小
狡猾變多真誠變少

海沙與海風對話
往後相約而立誠
我為沙灘依偎
我為沙鷗徘徊

幸福

社區公園裡頭
市民常來蹓狗
多的是少婦
少的是老叟
有人是牽著走
有人是抱著走
有時人追在後
有時狗隨在後
常見脖子繫上環扣
偶爾嘴巴套上封口
名流的寵兒對待則否
也有坐娃娃車的享受
如果是外勞陪侍相守
頂級的身價自然豐厚
幸福洋溢無獨有耦
熟女母豬常相左右
走走停停
停停走走
路人都說好幸福的母豬
我想熟女是幸福的少婦

望樓興嘆

臺北房價
居高不下
售屋廣告堆積如山
微薄薪水算了又算
不買後悔一生
買了後悔一世
無殼難稱為蝸牛
有殼還真是房奴
徘徊淡水河畔
不禁一聲長嘆
安得廣廈千萬間
大庇天下寒士俱歡顏

漁人碼頭

艷陽下的碼頭
隱藏著少人知的憂愁
亭台下只有一對情侶

依偎著傾訴蜜語
風華絕代已被海浪吞沒
也許今日來得不是時候
但願人約黃昏後
人潮如賞跨年煙火

投資

有人問投資之道
現今投資什麼好
投資跟著錢潮跑
錢潮跟著人潮跑
人潮跟著捷運跑
捷運跟著住宅跑
住宅跟著炒房跑
炒房跟著建商跑
建商跟著官員跑
官員跟著文憑跑
文憑跟著知識跑
知識跟著智慧跑
試問什麼最牢靠

毒瘤

有形毒瘤易治
無形毒瘤難醫
有形毒瘤易辨
無形毒瘤難纏
有形毒瘤在肝在肺在腸
全身處處躲藏
無形毒瘤只是盤據在心
反而無法設防
貪婪詭詐刁鑽張狂……
開口又是冠冕堂皇

迷惘

野鹿緣何想飛
神龍為何在田
鼠輩跳樑鼓吹
鷹隼噤若寒蟬

猛獅憑其威武
屢屢遭人束縛
污濁混亂的世代
良善存在不存在

草山行五首

雨後一山綠，春花俱鬥妍。
鳥鳴風唱和，無慮似神仙。

古道春花麗，淙淙盡日流。
遣心無遠近，閒步且吟遊。

徒行碧綠中，翠染一身風。
賞悅枝頭鳥，孤高對彩虹。

登高臨秀嶺，山月弄春風。
花影時時有，良宵轉瞬空。

鬱鬱山中樹，泠泠石上泉。
心中有美景，不共俗人言。

晨起二首

一樓座落千秋地，盡覽陽明山勢寬。
曦日東升最耀眼，霎時雲彩出峰巒。

山光乍現鳥盤旋，疊翠重巒耀眼前。
晨起陽台縱目望，浮生俗慮化雲煙。

晚景二首

絢麗草山歸鳥急，茫茫暮靄漸西沈。
層樓佇立緣何事，欲摘一輪明月心。

繁華落盡夢中留，閱畢人情自忘憂。
鎮日朝雲隨暮靄，笑顏不改逐風流。

豪宅

誰家豪宅連雲起，獨攬名山秀水圖。
日落月升皆入目，華燈共賞更心愉。

66 榮退自述

窮通豐約能知足，富賈王侯真命無。
一卷杜詩消夏日，窗前再賞夕陽圖。

留贈同志

廿二春秋轉化煙，人生遇合信前緣。
雪泥鴻爪原無定，公義長存仗爾傳。

戲答居士

（伯謙告余綠繡眼歸來築巢抱雛日日觀察樂不可支因賦詩戲之）

居士多情繡眼回，三雛一母近陽台。

我家五色長鳴鳥，不及嬌羞戶半開。

答謝伯謙寄贈小花圖 11 幀

居士多情寄小花，小花那值伯謙誇。

我家前苑暗香影，預約明春賞豔華。

酬伯謙回贈小花圖詩

疏影橫斜網上推，我家前苑六株梅。

愛花仕女爭先睹，居士徒知板樹開。

附伯謙回贈小花圖詩

貴邸門前黑板樹，株株聳拔入雲天。
應如 B 棟所栽植，秋末腥風處處傳。

酬歐陽炯教授訪美探女詩

探女歸來詩興發，三章連璧筆生花。
歐陽家教令人羨，文苑新添葶綠葩。

溪城野望五首

無課閒情起，師徒野望狂。
雙溪新廈宇，中影老城牆。
雲捲千山動，風來一樹芳。
人人皆盡興，俗慮亦深藏。

青山環校靜，綠水帶蒼茫。
小徑穿林遠，和風送竹涼。
鷺飛逐水樂，花艷鬥妝忙。
夏日雙溪好，悠悠細細長。

溪城信步望，景景扣心房。
鷺駐沙洲畔，魚游板道旁。
遠山將霧繞，弱柳覺風長。
鬢白豪情在，高歌效楚狂。

縱目雙溪望，賞心千仞岡。
蝶忙花仄徑，鷺舞水中央。
野曠微風爽，絮飛幽谷香。
臨流歌數闋，無改少年狂。

雙溪鎮日望，入眼水雲鄉。
鳥語催晴曉，蟬鳴噪夕陽。
澗清聲細細，巒翠色蒼蒼。
得此逍遙境，歡愉不可當。

溪城吟詠五首

雙溪曙色望，橫翠曉蒼蒼。
山色圍古廟，天光濡遠岡。
風微催早鳥，雲淡透朝陽。
一曲長歌罷，無端駐道旁。

臨溪東面望，嶺上曉煙揚。
汩汩山泉響，蕭蕭木葉涼。
游魚水底戲，鳴鳥樹中藏。
此地非吾土，躊躇淚兩行。

雙溪春水漾，寂寂讀書堂。
紅日朝初起，紫雲暮已張。
上庠多變化，下手自張狂。
願得扁舟駛，浩歌歸故鄉。

佇足雙溪畔，秋風向晚涼。
神遊宏偉殿，心繫小書房。
常恐群魚逝，亦憐孤鷺忙。
振衣酬壯志，臨老豈張狂。

雙溪清水淺，幽草自蒼蒼。
水落魚蝦苦，風來鷗鷺忙。
師生偶照會，聚散亦相忘。
不覺黃昏近，鐘聲到教堂。

詠李白二首

飄然載酒去，訪勝九州遊。
落筆如風動，行文似水流。
名篇雖冠宇，壯志未封侯。
對影邀明月，千樽難解愁。

蒼生不可濟，步月樂醺然。
浩蕩古風詠，高歌樂府篇。
功名何必問？利祿自空懸！
莫逐赤松去，長留一謫仙。

詠陶淵明

薰風吹麥穗，宿月詠涼天。
醉入香花裡，歸來野菊前。
求官徒逆志，避世有良田。
隱去南山屋，悠悠聽雨眠。

春日即事

日麗風和百卉香，千林新綠迓東皇。
蟲聲不敵鶯聲囀，鄉夢還隨客夢長。
窗外雲濤皆畫冊，陌頭柳絮入詩囊。
是非那管由人論，寫就新詞送夕陽。

步韻羅時進教授仲春重歸東吳

欒樹黃花幾度開，路旁新綠是寒梅。

知君孤夢隨風去，麗影雙溪乘夜回。

斑白相逢多契合，青春講論上蘇台。

燈闌賞景半山好，同醉詩香無限杯。

附羅教授仲春
重歸東吳感賦並謝清雲、伯謙諸位先生

榕樹蔭濃苔徑開，歸情尤在昔時梅。

遙遙孤夢隨風去，汨汨雙溪乘夜回。

揖手相逢感契闊，正襟講論怯黌台。

燈闌窗外流光遠，醉影素屏還滿杯。

讀徐世澤醫師《新詩韻味濃》二首

一卷新詩韻味濃

玉盤珠落意從容

仁醫尚有耕心術

俗慮煙消煩惱封

讀罷新詩韻味濃
神清氣爽滌心胸
騷壇若准評高下
應許千山第一峰

黃坤堯 簡介

作者近照

黃坤堯，1950 年生於澳門，在澳門讀完小學、中學。國立臺灣師範大學國文學系畢業；香港中文大學哲學碩士、哲學博士。香港中文大學中文系教授。現任聯合書院資深書院導師、能仁專上學院客座教授。除教學工作外，主要研究聲韻訓詁、語言學、古典文學、現代文學等。主編《中國語文通訊》、《聯合邁進》。

在學術研究方面，著有《新校索引經典釋文》、《經典釋文動詞異讀新探》、《音義闡微》、《溫庭筠》、《詩歌之審美與結構》、《香港詩詞論稿》、《古文觀止》〔導讀及譯注〕等。

在寫作方面，著有《舟人旅歌》、《清懷集》、《書緣》、《翠微回望》、《一方淨土》五種，包括現代散文、新詩、書評等。詩詞集《清懷詩詞稿》、《沙田集》、《清懷詞稿·和蘇樂府》、《清懷三稿》、《並蒂詩香》（合著）等。

編纂《劉伯端滄海樓集》、《番禺劉氏三世詩鈔》、《繡詩樓集》、《香港舊體文學論集》四種。合編《大江東去——蘇軾〈念奴嬌〉正格論集》、《香港名家近體詩選》、《餘事集——中華當代教授詩詞選》等。

多年來致力推廣詩詞寫作活動，除了擔任「全港學界律詩創作比賽」、「全港詩詞創作比賽」評判之外，近年還籌辦「穗港澳大學生詩詞大賽」、「粵港澳臺大學生詩詞大賽」、「中華大學生研究生詩詞大賽」等。

· 詩 論 ·

· 新 詩 ·

·古 典 詩·

戴望舒詩論與純詩體系

前言

　　戴望舒（1905-1950）論詩的材料不多，主要見於先後兩次發表的〈詩論零札〉。第一次十七條，原稱〈望舒詩論〉，1932 年刊於《現代》第二卷第一期，[1] 1933 年收入《望舒草》時易名為〈詩論零札〉，[2] 1937 年再收入《望舒詩稿》時刪去第四條，存十六條。[3] 第二次全新改寫為七條，亦稱〈詩論零札〉，1944 年刊於香港《華僑日報・文藝周刊》。[4] 為了表述的方便，我們仍將前者稱之為〈望舒詩論〉，後者則稱為〈詩論零札〉，以示區別。〈詩論零札〉在《現代》發表的時候，施蟄存的〈編者綴言〉云：

　　戴望舒先生本來答應替這一期《現代》寫一篇關於詩的

1　〈望舒詩論〉原刊《現代》第二卷第一期（上海，1932 年 11 月）。今據施蟄存（1905-2003）、應國靖編《戴望舒》（香港：三聯書店香港分店，1987 年 11 月），頁 84-87。

2　《望舒草》（上海市：現代書局，1933 年 8 月）。

3　《望舒詩稿》（上海市：上海雜誌公司，1937 年 1 月）刪去第四條以娼婦和淫具為喻，或嫌不雅。

4　〈詩論零札〉原刊《華僑日報・文藝周刊》第二期（香港，1944 年 2 月 6 日）。參楊玉峰〈戴望舒資料三題〉，載《中國現代文學研究叢刊》1983 年第 3 期；又盧瑋鑾（1939-）的輯本則載《香港文學》第二期（1985 年 2 月）「戴望舒逝世三十五週年紀念特輯」，頁 45。今據程步奎編：《戴望舒文錄》（香港：三聯書店香港分店，1987 年 11 月），頁 107-109。

理論文章，但終於因為他正急於赴法，無暇執筆。在他動身的前夜，我從他的隨記手冊中抄取了以上這些斷片，以介紹給讀者。想注意他的詩的讀者，一定對於他這初次發表的詩論會得感受些好味道的。[5]

　　第一次發表的，只是戴望舒的一些零碎感覺，並未成篇，而且還是由施蟄存代輯的，難免會缺乏嚴密的體系。〈望舒詩論〉原屬創作論，乃是具有強烈個人風格的創作心得，同時也宣示了融和中西的創作理念。至於〈詩論零札〉七條則是在固有的基礎上重新歸納的成果，構成嚴密完整的體系，表現戴望舒的詩學思想，自有本體論的意味，具備「純詩」（poèsie pure）的形態。戴望舒詩論可以歸納為詩的組織、論詩質、詩的翻譯、完整的形式、詩的韻律、情緒的和諧、純詩境界、詩與傳統八項。因此，本文會以第二次改寫後的〈詩論零札〉為主體，輔之以〈望舒詩論〉中的零碎材料，重新排比操作，突出主體觀點，構建戴望舒詩論中的純詩體系。

一、詩的組織

　　關於詩的組織，〈詩論零札〉第一條說：

5　《戴望舒文錄》，頁28。

竹頭木屑，牛溲馬勃，運用得法，可成為詩，否則仍是
一堆棄之不足惜的廢物。羅綺錦繡，貝玉金珠，運用得
法，亦可成為詩。否則還是一些徒炫眼目的不成器的雜
碎。

詩的存在在於牠的組織。在這裏，竹頭木屑，牛溲馬
勃，和羅綺綿繡，貝玉金珠，其價值是同等的。

批評別人的詩說「如七寶樓臺，炫人眼目，拆碎下來，
不成片斷」，是一種不成理之論。問題不是在於拆碎下
來成不成片段，卻是在搭起來是不是一座七寶樓臺。

　　首段指詩的語言無分雅俗貴賤，主要在於運用得法，也就
是表現。次段拈出組織概念，「牠」指有機體，可以不斷的創
新生命。第三段毫不含糊的指出詩的目標就是要蓋起一座光華
熠耀的七寶樓臺。戴望舒論詩首重結構和搭配，善用語言材
料，不必倚賴固定的成法，變化靈活，表現自我。

二、論詩質

　　詩質是很抽象的概念，但這卻是進入純詩境界的必然條
件。戴望舒〈詩論零札〉第二條說：

西子捧心，人皆曰美；東施效顰，見者掩面。西子之所
以美，東施之所以醜的，並不是捧心或眉顰，而是他們

本質上美醜。本質上美的，荊釵布裙不能掩。本質上醜的，珠衫翠袖不能飾。

詩也是如此，牠的佳劣不在形式而在內容。有「詩」的詩，雖以佶屈聱牙的文字寫來也是詩；沒有「詩」的詩，雖韻律齊整音節鏗鏘，仍然不是詩。只有鄉愚才會把穿了綵衣的醜婦當作美人。

所謂「本質上美醜」似乎具有一種先驗論的感覺。西施和東施的樣貌是命定的；如果說詩也是命定的，那麼有些人可能永遠與詩絕緣了。沈寶基嘗致函陳丙瑩稱當年戴望舒「他從巴黎回信勸我應該放棄這個調調兒〔筆者按：沈寶基當時在里昂學習，熱衷於寫作豆腐乾式的格律詩〕。大意是說：詩要寫得像個小姑娘，一個十五、六歲的（裸體）小姑娘，不要頭上插花，濃裝豔服，要乾乾淨淨，不事矯飾，露出天然之美。」[6] 可見戴望舒所極力追求的詩質，天然明淨，當然是可以醞釀的。因此，他反對炫奇的矯飾成分，回復天真。〈望舒詩論〉第十二條云：

不應該有只是炫奇的裝飾癖，那是不存在的。

戴望舒也曾將詩比喻為生物，生物具有思想和情緒，即屬

6　陳丙瑩（1935-）注稱「沈寶基先生 1990 年 11 月 9 日給筆者信」。參《戴望舒評傳》（重慶市：重慶出版社，1993 年 11 月），頁 154。

可塑的活的詩質。〈望舒詩論〉第十五條云：

> 詩應當將自己的情緒表現出來，而使人感到一種東西。
> 詩本身就像是一個生物，不是無生物。

戴望舒不斷的戀愛和結婚，而且他所喜歡的全都是年輕的女孩子，藉以激發他生命中的詩質，這可能有點像弗洛伊德（Sigmund Freud, 1856-1939）所說的富有強烈興奮的性慾（libido）一樣。他生命中出現了三個女人，1927 年住在松江施蟄存的家中，愛上了施絳年（1910-1964），1931 年 9 月訂婚，翌年赴法國留學，施絳年移情別戀。1936 年 7 月與穆時英（1912-1940）的妹妹穆麗娟（1917-）在上海結婚，1941 年協議分居。1943 年 5 月 9 日與楊靜（楊麗萍，1926-1997）在香港結婚。[7] 這些女子跟他認識的時候，一個比一個年輕，原來都在十五、六歲左右，並由此搭起了戴望舒詩中的七寶樓臺。這跟他對生活的本質以至詩質的追求原是一致的，戴望舒的審美觀念永遠年輕，不肯長大。

7　王文彬：〈戴望舒的詩與愛〉，原刊《人物》2001 年第二期。收入《中西詩學交匯中的戴望舒》（合肥市：安徽教育出版社，2003 年 8 月），頁 1-16。據應國靖〈戴望舒年表〉，戴望舒與穆麗娟結婚在 1936 年 6 月，與楊靜結婚在 1943 年 2 月 9 日，參《戴望舒》，頁 309、312，記錄各異。

三、詩與翻譯

詩可以翻譯嗎？這大抵有兩種看法：一種認為詩是不可以翻譯的，因為每種語文總有她的個性和特點及獨有的存在方式，不可以完全替代，否則就會走樣了。另一種認為能翻譯的才是好詩，釋出了詩質，戴望舒就有這樣的觀點。〈望舒詩論〉第十七條云：

> 只在用某一種文字寫來，某一國人讀了感到好的詩，實際上不是詩，那最多是文字的魔術。真的詩的好處並不就是文字的長處。

戴望舒強調詩的情緒而否定了字句，情緒是全人類所共感的，所以詩是可譯的。其後〈論詩零札〉七條寫得比較詳細，第三條云：

> 說「詩不能翻譯」是一個通常的錯誤。只有壞詩一經翻譯才失去一切，因為實際地並沒有「詩」包涵在內，而只是字眼和聲音的炫弄，只是渣滓。真正的詩在任何語言的翻譯中都永遠保持著她的價值。而這價值，不但是地域，就是時間也不能損壞的。
>
> 翻譯可以說是詩的試金石，詩的濾羅。
>
> 不用說，我是指並不歪曲原作的翻譯。

　　戴望舒過於相信情緒，而忽略了文化的因素，詩中很多獨特的行為就無法解釋了。每種語言都有其獨特的音節，不能勉強翻譯。詩之美不光是情緒的表現。

　　不過，話說回來，戴望舒一生所寫的詩才九十餘首，但他譯詩卻多，幾乎把整個法國象徵主義前後期重要的詩人和作品都介紹過來了，推動純詩的發展，功不可沒。其中尤以晚年翻譯波特萊爾（Charles Pierre Baudelaire, 1821-1867）的《惡之花》，更為出色。戴望舒說：「這是一種試驗，來看看波特萊爾的質地和精巧純粹的形式，在轉變成中文的時候，可以保存到怎樣的程度。」[8] 王佐良云：「一直到現在，還沒有人達到戴望舒當年的水平。」[9] 評價極高，亦可見戴望舒對譯詩是懷有虔敬之情的，貫徹始終。

四、完整的形式

　　戴望舒認為每首詩都應該有各自完整的形式，他反對僵化固定的形式，例如律詩、唐宋詞以至新月派的格律詩等。如果要將詩情填在這樣一個固定的框框裏，簡直就是惡夢。〈望舒詩論〉第七條說：

8　戴望舒：《〈惡之花〉撷英》（上海市：懷正文化社，1947 年 3 月）。戴譯廿四首，佔初版《惡之華》的十分之一。參〈譯後記〉，《戴望舒詩全編》，頁 213。

9　王佐良：〈譯詩與寫詩之間〉，《香港文學》第二期（1985 年 2 月），頁 19。

韻和整齊的字句會妨礙詩情，或使詩情成為畸形的。倘把詩的情緒去適應呆滯的、表面的舊規律，就和把自己的足去穿別人的鞋子一樣。愚劣的人們削足適屨，比較聰明一點的人選擇較合腳的鞋子，但是智者卻為自己製最合自己的腳的鞋子。

這是衝著聞一多「他們樂意戴著腳鐐跳舞，並且要戴別個詩人的腳鐐」[10]說的。我認為詩的情緒不能泛濫，完整的形式可以節制情緒，就好像交通系統一樣，路路暢通，表現出流動的美的節奏。我們要不斷改良的是交通系統，也就是詩的形式，而不是濫用情緒的自由。其後〈詩論零札〉第四條引用梵樂希（今譯保爾·瓦雷里，Paul Valéry, 1871-1945）的論點，以相體裁衣為喻，破除韻律迷信：

詩情是千變萬化的，不是僅僅幾套形式和韻律的制服所能衣蔽。以為思想應該穿衣裳已經是專斷之論了（梵樂希：《文學》），[11]何況主張不論肥瘦高矮，都應該一律穿上一定尺寸的制服。

10 聞一多（1899-1946）：〈詩的格律〉，原刊《晨報副刊·詩鐫》七號（1926 年 5月 13 日）。今據楊匡漢（1940-）、劉福春編：《中國現代詩論》（廣州市：花城出版社，1985 年 12 月），頁 121。

11 瓦雷里〈文學〉（一）：「赤裸的思想情緒像赤裸的人一樣弱。因此應該給他們穿衣裳。」戴望舒譯，原刊《新詩》第二卷第一期（1937 年 4 月），今據王文彬、金石主編：《戴望舒全集·散文卷》（北京市：中國青年出版社，1999 年 1 月），頁557。

所謂「完整」並不應該就是「與其他相同」。每一首詩
應該有牠自己固有的「完整」，即不能移植的牠自己固
有的形式、固有韻律。

　　戴望舒的理論十分動人，但卻危險；如果每首詩可以有獨
立的形式，每個人也應該有其自我的道德和法律。詩不能歸納
出形式，可能就只剩下泛濫的情緒了，洪水橫流，可能就沒有
標準可言了。後來陳丙瑩套用了施蟄存在《現代》編者的話中
的觀點，為自由詩立法：「這自然首先是自由詩，但又不是
『一讀即意盡』的自由詩，而是一種合於象徵派、意象派詩風
的『沒有韻的，句子也很不整齊』的，但『有相當完美肌理
（texture）』，『需要一點雕琢的』，『較為曲折』的隱約型
的自由詩。」[12]這未嘗不可以看作新一代的腳鐐，好之者自得
其樂。

五、詩的韻律

　　戴望舒不相信語言的韻律，他追求情緒的韻律。其實詩只
能以語言為媒介，詩的表現也就是語言的表現。捨語言而侈言
韻律，那只能走入純粹的象徵世界裏去了。〈望舒詩論〉第
五、六條說：

12　引文中的引文參施蟄存〈關於本刊所載的詩〉、〈又關於本刊中的詩〉，《戴望舒
　　評傳》，頁57。

詩的韻律不在字的抑揚頓挫上，而在詩的情緒的抑揚頓挫上，即在詩情的程度上。

　　新詩最重要的是詩情上的 nuance 而不是字句上的 nuance。〔變異〕[13]

後來他更強化這個理論，〈詩論零札〉第五條說：

　　米爾頓說：韻是野蠻人的創造；但是，一般意義的「韻律」，也不過是半開化人的產物而已。僅僅非難韻實乃五十步笑百步之見。

　　昂德萊・紀德提出過這更正確的意見：「語辭的韻律不應是表面的，矯飾的，只在於鏗鏘的語言的繼承；牠應該隨著那由一種微妙的起承轉合所按拍著的，思想的曲線而波動著。」

　　戴望舒把韻和韻律說成野蠻人或半開化人的產物，未免把前人的智慧說得一文不值了。韻律其實也是一種文化的表現，表現語言的精微之美。情緒跟韻律為甚麼不可以合而為一呢？情動於中而形於言，因而有了嗟嘆詠歌、手之舞之、足之蹈之的表現；否則思想的曲線也就不會具有美的波動了。

13　梁仁注云：「收入《望舒詩稿》時，刪去句首『新』字。Nuance，法文，意為細微的差異。」參《戴望舒詩全編》（杭州市：浙江文藝出版社，1989 年 5 月），頁 691。

六、情緒的和諧

聞一多在〈詩的格律〉一文中提出了著名的三美理論，他認為詩的實力要包括音樂的美（音節）、繪畫的美（詞藻）和建築的美（節的勻稱和句的均齊）。[14]而戴望舒的〈望舒詩論〉卻傾力反對三美，首三條開宗明義即說：

> 詩不能借重音樂，它應該去了音樂的成分。
> 詩不能借重繪畫的長處。
> 單是美的字眼的組合不是詩的特點。

相對於「情緒的和諧」來說，音樂、繪畫、建築之美當然都不是最重要的詩質。但對於詩的整體來說，無可否認的這些卻也屬於詩美的追求目標。第十六條展現情緒的變化，連攝影機亦無用武之地，用的仍是詩人的巧筆，寫出內心世界。

> 情緒不是用攝影機攝出來的，它應當用巧妙的筆觸描出來。這種筆觸又須是活的，千變萬化的。

後來，戴望舒在四十年代重建詩論，便有意仿效瓦雷里列出「定理」，[15]〈詩論零札〉第六條云：

---

14 聞一多：〈詩的格律〉，參《中國現代詩論》，頁 125。
15 瓦雷里〈文學〉（二）亦列出「定理」：「當作品是很短的時候，最細小的細部的

> 音樂：以音和時間來表現的情緒的和諧。
>
> 繪畫：以線條和色彩來表現的情緒的和諧。
>
> 舞蹈：以動作來表現的情緒的和諧。
>
> 詩：以文字來表現的情緒的和諧。
>
> 對於我，音樂、繪畫、舞蹈等等，都是同義字，因為牠們所要表現的是同一的東西。

　　在這裏，戴望舒一方面把音樂、繪畫、舞蹈排除於詩之外，因為彼此的媒介不同；一方面又說彼此都是表現「情緒的和諧」的工具，終極目標完全一致。詩既然以語言為媒介，而漢字更特別兼具構形、讀音、會意之美，我們為甚麼刻意要避開這種種語言的美呢？

　　戴望舒的詩論似乎有意針對聞一多的「三美」理論，反其道而行，故意不借重音樂，不借重繪畫，不借重美的字眼的組合，他甚至認為韻和整齊的字句會妨礙詩情。戴望舒追求純詩，專用象徵和抒情，蔑視格律而追求自然的旋律，順應情緒的節奏。究其改變之故，大抵是戴望舒早期原受法國象徵派詩人魏爾倫（Paul Verlaine, 1844-1896）的影響，兼具中國古典詩歌傳統及歐洲浪漫主義詩歌的氣質，重視音節的安排、朦朧的色調和親切的暗示等，例如成名作〈雨巷〉，葉聖陶

效果之偉大是和全部的效果之偉大相同的。」「凡有一個可以用別的文章來表現的目標的文章，是散文。」共兩條，戴望舒譯。原刊《詩刊》第二卷第二期（1937 年 5 月），今據《戴望舒全集‧散文卷》，頁 566-567。

（1894-1988）來信稱許他「替新詩底音節開了一個新的紀元」。[16]後來則較多地接受法國後期象徵派詩人果爾蒙（Gemy de Gourmont, 1858-1915）、耶麥（Franlis Jarnmes, 1868-1938）、保爾福爾（Paul Fort, 1872-1960）等詩論的影響，認為詩應該去掉音樂的成分，營造意象和詩意，反映消極、幻滅的思想。所以他多用日常活潑生動的口語入詩，輕吟淺誦，著重表現神秘纖微的感覺和新奇荒誕的意象，刻劃城市生活的迷亂和無奈。

七、純詩境界

甚麼是詩？〈望舒詩論〉第八條的答案是：「詩不是某一個官感的享樂，而是全官感或超官感的東西。」那麼詩會是利用聽覺、視覺、味覺、嗅覺、觸覺的交錯，再通過想像或幻覺來滿足心靈的感受；這樣說來，詩也就成了惝恍迷離、可望而不可即的感覺。

戴望舒渴望追求純詩的境界，〈詩論零札〉第七條說：

> 把不是「詩」的成分從詩裏放逐出去。所謂不是「詩」的成分，我的意思是說，在組織起來時對於詩並非必需的東西。例如通常認為美麗的詞藻、鏗鏘的韻音等等。

---

16 杜衡（戴克崇，1907-1964）：〈《望舒草》序〉，今據《戴望舒詩全編》，頁52。

並不是反對這些詞藻、音韻本身。只當牠們對於「詩」並非必需，或妨礙「詩」的時候，才應該驅除牠們。

　　戴望舒的純詩是一個絕對自由、純粹精微的感覺世界，這跟十九世紀法國象徵主義（symbolism）詩人馬拉美（Stéphane Mallarmé, 1842-1898）、魏爾倫的審美方式相近，通過有質感的物象，運用暗示、聯想和烘托，增強詩的表現力，而詩的暗示和象徵便成了溝通現實世界和意識世界的媒介，反映內心的微妙感覺。梁仁指出瓦雷里「創造出具有異乎尋常的詩意濃度的『純詩』。他用嚴謹簡約的古典形式來表達現代人的思想意識，從而創造出哲理的玄想與心靈的抒寫相結合、傳統的手法與創新的精神相統一的新的象徵主義的詩風」，[17]這自然也直接影響了戴望舒的詩論。〈望舒詩論〉第九、十三、十四條說：

　　　　新的詩應該有新的情緒和表現這情緒的形式。所謂形式，決非表面上的字的排列，也決非新的字眼的堆積。詩應該有自己的 originalité，但你須使它有 cosmopolité 性，兩者不能缺一。[18]
　　　　詩是由真實經過想像而出來的，不單是真實，亦不單是

17　《戴望舒詩全編》，頁 594。
18　梁仁注云：「originalité，法文，意為特徵；cosmopolité，法文，意為普遍。《望舒詩稿》中 cosmopolité 改作 universel（法文，普遍的意思）。」參《戴望舒詩全編》，頁 692。

想像。

這三條指示純詩具體的特質。詩會有情緒的形式，一種波動的節奏。詩具有個人的特質，但也要兼具共有的普遍性，進入渺漠的內心世界，引發共感。此外詩要擺脫傳統的寫實手法，也不單是虛幻的想像，而是將真實與想像融為一體，逐漸排除了所有非詩的成分，多用暗示性的聯想方式，進入充滿象徵意蘊的玄秘空間，這就是純詩境界。

八、詩與傳統

戴望舒早期的詩論曾經討論過舊題材和新情緒的關係，回顧傳統，古為今用，探尋創作規律。〈望舒詩論〉第十、十一條說：

> 不必一定拿新的事物來做題材（我不反對拿新的事物來做題材），舊的事物中也能找到新的詩情。
> 舊的古典的應用是無可反對的，在它給予我們一個新情緒的時候。

古典題材其實也是間接經驗，啟動靈感，引發新的感覺，新的情緒。宋人論詩有「點鐵成金」及「奪胎換骨」之說，黃庭堅云：「自作語最難，老杜作詩，退之作文，無一字無來

處；蓋後人讀書少，故謂韓、杜自作此語耳。古之能為文章者，真能陶冶萬物，雖取古人之陳言入于翰墨，如靈丹一粒，點鐵成金也。」[19]又曰：「詩意無窮而人之才有限，以有限之才追無窮之意，雖淵明、少陵不得工也。然不易其意而造其語，謂之換骨法；窺入其意而形容之，謂之奪胎法。」[20]點鐵成金是詩句的點化手法，融化傳統，推陳出新；換骨法變換古人的語言，奪胎法則是擴充前人的詩意。江西詩派論詩雖有剽竊之嫌，實際上卻要詩人自鑄偉辭；這有點像二十年代俄國形式主義者以「減低熟悉度」來解釋文學與社會的關係。又如德國布萊希特（Bertolt Brecht, 1898-1956）戲劇理論中的陌生化效果，破除舞臺上的生活幻覺及習以為常的認知態度，對事件和人物要顯出未被認識的本質，產生新奇之感。而演員與角色也要保持適當距離，展現冷靜獨立的批判立場。此外，戴望舒也很重視活法，演繹詩的生命。〈望舒詩論〉第四條說：

> 象徵派的人們說：「大自然是被淫過一千次的娼婦。」但是新的娼婦安知不會被淫過一萬次。被淫的次數是沒有關係的，我們要有新的淫具，新的淫法。

這條資料已被戴望舒刪除了，原因不明，可能是怕輕薄女

19　黃庭堅（1045-1125）：〈答洪駒父書〉，參郭紹虞（1893-1984）主編：《中國歷代文論選》（香港：中華書局，1979 年 3 月），頁 87。

20　釋惠洪（1071?-1128）：《冷齋夜話》引黃庭堅語。參《中國歷代文論選》，頁 89。

性，表達的方式不雅，含有負面意義。但此條資料並非鼓動淫風，反而是用了最象徵的手法，傳達了不斷從傳統中追新求變的意義，絕不排斥技巧。

三十年代的〈望舒詩論〉重估傳統的價值，在滔滔橫流中顯出勇氣。可惜他僅著意於情緒的波動，而捨棄了韻律的節奏，得失相抵，戴望舒的詩論難免會使我們陷入深刻的思考當中。關於傳承問題，戴望舒在四十年代的詩論中看來再絕口不提了，也沒有把它當作一個問題，而這一點正就是兩次詩論中的最大差異所在。在戴望舒大量的翻譯工作中，也許橫的移植已經完全替代縱的繼承了，後來的九葉詩派及臺灣的現代詩風恰好印證了這樣的發展路徑。

九、瓦雷里的〈純詩〉與戴望舒的純詩體系

純詩（poèsie pure）的概念最先是由瓦雷里提出的。1920年，他在為柳西恩・法布爾（Lucien Febvre, 1889-1953）的詩集《認識女神》所寫的前言中就提到純詩，卻沒有賦予這個詞有任何明確的含義。1928 年，瓦雷里在一篇題為〈純詩〉的發言提綱中認為純詩就是一種絕對的詩，希望能把思想、形象與語言手段之間兩方面聯繫的完整體系表現出來。[21] 關於純詩的基本觀點，大約可以歸納為六點：

---

21 瓦雷里：〈純詩〉，參王忠琪等譯：《法國作家論文學》（北京市：生活・讀者・新知三聯書店，1984 年 6 月），頁 115。

一、我說的「純」與物理學家說的純水的「純」是一個意思。我想說，我們要解決的問題是我們能否創作一部完全排除非詩情成分的作品。我過去一直認為，並且現在也仍然認為這個目標是達不到的，任何詩歌只是一種企圖接近這一純理想境界的嘗試。簡言之，我們所謂的敘事長詩實際上是由已變成有某種含意的材料的純詩片斷構成的。一行最美的詩是純詩的一個因子。人們常把一行美妙的詩比作一顆鑽石，這說明這種純潔性是大家都公認的。（頁115）

二、我認為純詩的思想完全是一種分析性的思想。總之一句話，純詩是從觀察中得到的一種想法，它當然有助於我們弄清楚詩歌作品的一般原則，引導我們去進行非常艱巨和非常重要的研究，研究語言與它對人的感化作用之間的各種各樣的和多方面的關係。不提純詩，而用絕對的詩的說法也許更正確。……研究受語言支配的整個感覺領域。（頁116）

三、至於談到純詩情的感受，應當著重指出，它與人的其他情感不同，具有一種特殊的性質，一種令人驚奇的特徵：這種感受總是力圖激起我們的某種幻覺或者對某種世界的幻想，——在這個幻想世界裏，事件、形象、有生命的和無生命的東西都仍然像我們在日常生活的世界裏所見的一樣，但同時它們與我們的整個感覺領域存在著一種不可思議的內在聯繫。（頁117）

四、無論語言與我們的聯繫如何緊密，無論思維通過詞語在我們的心裏如何深深扎根，然而語言仍然是統計結構的產物，是純粹供實踐之用的工具。因此，詩人的任務就需要在這種實踐的工具中找到某些手段，去創造一種沒有實踐意義的現實。正如我前面所說過的那樣，詩人的使命就是創造與實際制度絕對無關的一個世界或者一種秩序、一種關係體系。（頁 118）

五、詩人的語言，雖然其中使用了從這個雜亂無章的混合體中吸取的成分，但卻是個人努力的結果，他用最平常的材料創造出一種虛構的理想秩序。（頁 121）

六、上面所說的一切，語言的實踐的或者實用的功能，邏輯的習慣和結構，以及詞匯的無秩序和非理性（這是語言成分的大量不同來源和千差萬別的長年積累的結果），所有這一切都使這種絕對詩歌的創作無法實現。然而關於這種理想的或者想像情況的概念，對於評價任何實際存在的詩歌是非常重要的，這一點也是非常明顯的。（頁 121）[22]

根據上文，瓦雷里的純詩理論可以分為六點。首先他開宗明義指出詩的純粹性，戴望舒論詩質中對內容的要求即近於這種純粹性，具有鑽石般的美妙光采。第二點分析性的思想，研究受語言支配的整個感覺領域，也就是戴望舒所渴望的純詩境

---

22 瓦雷里：〈純詩〉，參《法國作家論文學》，頁 114-122。

界，放逐了一切非詩的成分。第三點純詩情的感受激發生命的幻覺，在日常生活世界裏尋找超凡的聯繫。戴望舒追求情緒的和諧，實際上也就是利用巧妙的筆觸活現詩人的內心世界，音樂、繪畫和舞蹈等都只是附麗於語言的各種工具而已。第四點強調創造一種秩序或關係體系，而戴望舒則藉以表現完整的形式，每一首詩都有其自我獨特的表現。第五點利用平常的語言創造出一種虛擬的理想秩序，而戴望舒所說詩的組織也就是要搭起亮麗的七寶樓臺。第六點對絕對詩歌的期望，不過瓦雷里還特別聲明，純詩的創作並不存在，但卻可以視之為理想，用來評價實際存在的詩歌作品。這可能就相當於戴望舒對韻律的否定，從而追求詩情上的變異，呈現思想波動的曲線。最後，瓦雷里認為「純詩的思想，是一種不可思議的典範的思想，是詩人的趨向、努力和希望的絕對境界的思想……」。[23] 原來永遠都在追求一段探索的過程，沒有止境。由此可見，戴望舒的詩論可以從瓦雷里的純詩中找到對應的話語，而多出的兩點詩與翻譯、詩與傳統則是涵蓋了中西的文化差異，使純詩立足在中國詩學的土壤裏，不斷的推陳出新，超越一切時空的侷限，其實也還是瓦雷里「絕對境界的思想」。

　　瓦雷里的純詩學說跟況周頤的《蕙風詞話》有些相似，況周頤論詞境云：「據梧冥坐，湛懷息機，每一念起，輒設理想排遣之。乃至萬緣俱寂，吾心忽瑩然如滿月，肌骨清涼，不知

23　瓦雷里：〈純詩〉，參《法國作家論文學》，頁 122。

斯世何世也。」似乎也就是刻意排除非詩情的成分，以理想為主導，追求純粹的意念，與純詩的美妙境界，若合符節。又論詞心云：「吾覽風雨，吾覽江山，常覺風雨江山外有萬不得已者在。此萬不得已者，即詞心也。」[24] 詞心其實也就是絕對境界，藉以探索整個感覺領域中一種不可思議的內在聯繫，也就是一種虛構的理想秩序，超凡絕俗，不甘於平淡。可見況周頤對於純詩的認知亦深具象徵的意蘊。王文彬析論瓦雷里「純」的感覺在現代詩學發展中的意義：

> 這是一種源自對不含雜質的精神享受的條件的一種古老、細微和深刻的理解。象徵主義詩歌的現代性體現了詩歌發展的趨勢，純詩是對詩的純粹性，即詩的藝術完美的追求。象徵主義和純詩是現代詩學前後賡續發展的兩個階段。[25]

梁宗岱〈談詩〉亦云：「我國舊詩詞中純詩並不少（因為這是詩底最高境，是一般大詩人所必到的，無論有意與無意）；姜白石底詞可算是最代表中的一個。不信，試問還有比〈暗香〉、〈疏影〉，『燕雁無心』、『五湖舊約』等更能引我們進入一個冰清玉潔的世界，更能度給我們一種無名的美底

24　況周頤（1859-1926）：《蕙風詞話》（香港：商務印書館，1961 年 8 月），頁 9-10。

25　《中西詩學交匯中的戴望舒》，頁 112。

顫慄的麼？」[26]這是中西詩境相通之處，可能還有更為深入廣闊的探索空間，可供我們馳騁。

根據〈詩論零札〉的主張，我們可以理出戴望舒純詩體系的基本面貌：

純詩提煉詩質，講求詩情的濃度、詩意的純度、詩想的深度，追求創意，重視個性，折射出多維的色彩影像。純詩抉發廣闊的精神領域，與現實只有若即若離的關係，不必反映寫實，亦非全出想像，排除一切非詩的雜質。純詩以語言為載體，活用語言，豐富自我形象，情意相通，探索人類共有的心靈感覺，不同的語言可以透過翻譯，保持純粹的詩質。純詩即自由詩，淨化語言，不受任何格律的支配，同時更不受音樂、圖畫、建築、攝影等其他藝術手段的干擾。詩就是詩，隨著靈魂翩翩起舞，這是一個絕對超然獨立的藝術世界，自然亦不同於一般日常的世俗生活了。

---

26 梁宗岱（1903-1983）：〈談詩〉，原刊《人間世》第十五期（1934 年 11 月 5 日），今據《中國現代詩論》，頁 187。

結語

　　詩，其實就是一種姿態，一番創意。杜衡說：「一個人在夢裏洩漏自己底潛意識，在詩作裏洩漏隱秘的靈魂，然而也只是像夢一般地朦朧的。從這種情境，我們體味到詩是一種吞吞吐吐的東西，術語地來說，它底動機是在於表現自己與隱藏自己之間。」[27]很可以說明戴望舒的詩和詩論的特點。不同的時代自有全新的追求，而不同的詩人亦盡有各自的演繹方式，戴望舒對於詩十分敏感，同時更有所堅持。通過上文八項的說明，我們可以明白戴望舒論詩意在強化詩質，構建純詩體系。不過，他在兩次的〈詩論零札〉中都沒有提到純詩，反而是在其他的論文中提及。其一是在〈談林庚的詩見和「四行詩」〉一文中討論純詩：

> 自由詩與韻律詩之分別，在於自由詩是不乞援於一般意義的音樂的純詩，而韻律詩則是一般意義的音樂成分和詩的成分並重的混合體。[28]

　　純詩也就是自由詩，不必乞援於音樂，文中戴望舒引昂德萊・紀德（André Gide, 1869-1951）的話加注說：「句子的韻

27　杜衡：〈《望舒草》序〉。今據《戴望舒詩全編》，頁 50。
28　戴望舒：〈談林庚的詩見和「四行詩」〉，原刊《新詩》第一卷第二期（1936 年 11 月）。今據《戴望舒詩全編》，頁 695。

律，絕對不是在於只由鏗鏘的字眼之連續所形成的外表和浮面，但它卻是依著那被一種微妙的交互關係所合著調子的思想之曲線而起著波紋的。」即與上文詩的韻律與情緒的和諧兩項的觀點相同，若合符節。此外，他所創辦的《新詩》月刊1936 年 10 月在上海出版，至 1937 年 7 月二卷第 3、4 期合刊告終。共出十期。這是一份倡導純詩的刊物，而一九三六年更是新詩繁榮的一年，流派眾多。其二是在抗戰前夕出現了純詩與國防詩歌的論戰，雖說戰爭的陰霾逼近，但基於對藝術的尊重，戴望舒有必要辨明兩者的區別：「在這些人的意思，一切東西都是一種工具，一切文學都是宣傳，他們不了解藝術之崇高，不知道人性的深邃，他們本身就是一個盲目的工具，便以為新詩必然具有一個功利主義之目的了。」又說：「詩中是可能有國防的意識情緒的存在的，一首有國防意識情緒的詩可能是一首好詩，唯一的條件是它本身是詩。」[29]其實這也是「詩」與「非詩」的差異，觀點清晰，持論嚴正，可惜國難當前，這樣的論戰只能不了了之，未幾戴望舒也要跑到抗日的文藝戰線去了。今天重讀這些詩論，還是具有指導意義的，絕不過時。

關於純詩理論，1934 年梁宗岱在〈談詩〉中也有所論述：

29　戴望舒：〈關於國防詩歌〉，原刊《新中華》第五卷第七期（1937 年 4 月 10 日）。今據《戴望舒全集‧散文卷》，頁 175。

　　所謂純詩，便是摒除一切客觀的寫景，敘事，說理以至感傷的情調，而純粹憑借那構成它形體的原素——音韻和色彩——產生一種符咒似的暗示力，以喚起我們感官與想像底感應，而超渡我們底靈魂到一種神遊物表的光明極樂的境域。像音樂一樣，它自己成為一個絕對獨立，絕對自由，比現世更純粹，更不朽的宇宙；它本身底音韻和色彩底密切混合便是它底固有的存在理由。[30]

　　梁宗岱認為要憑借「音韻和色彩」，始能產生純粹不朽的宇宙，似乎跟戴望舒的詩論主張並不相同。純詩像魔咒似的，神遊物表，成了一種很玄虛的理念，缺乏客觀的標準。兩相比較，大抵梁宗岱的純詩理念神秘幽深，富有象徵意蘊。潘頌德說：「所謂『純詩世界』完全是與現實世界絕緣的，它是生活於資本主義沒落時期的詩人不滿於現實而又找不到出路時幻想中的遁逃藪。」[31]而戴望舒的詩論則比較明朗，抒發現實情緒。戴望舒的純詩理念融和今古中西，在新變之中重認傳統，靈活多變，不純是西方象徵派的產物。所以王文彬亦指出戴望舒的詩論特色說：

30　梁宗岱：〈談詩〉，《中國現代詩論》，頁 186。
31　潘頌德：〈梁宗岱的詩論〉，《中國代詩論四十家》（重慶市：重慶出版社，1991 年 1 月），頁 237。

他立足於中國讀者的審美情趣和自己的藝術個性，細心地判別法國象徵派手法的優劣高下而決定取捨。在詩的構思上，儘管採用人和自然默契的象徵主義原則，但他尊重中國讀者的欣賞習慣，講究意境的完整，在選用感情對應事物時，也是審慎的，既為大多數中國讀者所熟悉，又富有獨創性。西方象徵詩人常常強調詩的「神秘性」，他們往往有意抽掉自己的感情和感情對應物之間的聯繫橋樑，使象徵的內涵迷離惝恍。戴望舒不願追隨這神秘一派。[32]

可見戴望舒的純詩體系具有鮮明的中國特色，回應中西文化的良性交往，取長補短，應該是一條健康的出路。

---

32 王文彬著：《戴望舒　穆麗娟》（北京市：中國青年出版社，1995 年 1 月），頁65-66。

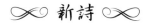

馬航機上

雲藍在上
雲藍在下
機翼的畫板
狠然釘住
剝渾不斷茫茫天海的沈寂

追夢年華
尋詩歲月
生活的磨坊
剝落盡一首首的慷慨長歌

殷勤重寄深深語
休隨流水到人家

七百輪迴的晝夜
吵醒了隆隆噪音
剎那的現實
四度的永恆
問此際身呀何方

望月作

從夜的海底升起
一輪璀璨
光華熠耀於今人古人
浩浩的江波
千頃風流
算抵得
馬上琵琶
多少幽咽

永生在指縛間溜過
蓬萊矗立
傳說的靈感
好冷的沙丘台啊
淒厲的風聲吹揭帷幔
咸陽在三千里外

廣寒帝殿攜回了
堆堆的嶙峋
美國人說沒有夢

未知有羿

倩誰了解月姐的哀傷

舉杯邀飲

對影三人

浪漫的投井故事

只為李白綿綿情意

始悟人間不朽

橋上

晚風似水

　似雙十華年

迎著黃昏招手

愛情的內港

沈醉不知歸路

　溫柔

　夢幻

　青春

　悽惶

載一葉輕帆
　一船破碎
醒來依舊
參不透方死方生

橋之此端求仙
橋之彼端訪道
冷靜不相屬乎現代
　感官虛無憧憬
激發的擁抱
渾忘於橋的頂端

颱風行

自兩岸青山排闥
一碧洶濛
青翠的雨絲
衝入泥徑斑黃

愛倫斜掠
風球三號高懸

黑浪凝為渾厚
緩緩推向
一座圓滑的平臺
可是安全內港

該是歸家日子
村民寥落，車也寥落
伴著蕭瑟兮落葉
我們飄然來止

明天人潮鼎沸
寧靜不屬於黑沙灘頭
悵望臨風，許是
青春的傻勁不再

代柬

你想知道我是誰嗎
一句最稚氣的問

眼中口中耳中心中

旋轉著一張張荒謬的臉
變形蟲得選擇掩蔽
失去保護色的哀歌
低迴，吶喊
向憤怒的維多利亞港
　休笑書生無所用
　重來須作玉龍吟
啊——

淒然冷笑
掛著無形的枷
又何必理喻

星期日

有寒風，有雪雨
有溫馨，有慚恧
交織於苦澀當中
彈指兩年一瞬

橋上走過

一頁過往的徒然

明天更形虛惘

奇異的子午線上

重疊了夢

夢醒即寂寞

茫然再會

一個不該屬於愛情的星期日

浮木

馳驟於如流歲月

飛翼船的文明加速冷漠

一個浪漫覆蓋了另一個

吞吐海洋的呼吸

憩息了一個偶然

浮沈半灣淺水

帆影波光山碧榕翠

旖旎溫柔主宰無窮傷感

都不算生命的故事

熊熊火光
燒一霎青春
取決死亡與永恆間
最好賣作焦炭

誰都知道

誰都知道玫瑰有刺
然而偏又何畏有刺

讓我擁抱
以渾身的狂熱與勁
從顫抖的花瓣滑落
吻著詩人似血的紅
滴自唇間
昇華了一回許諾一回夢

花紅呢抑或血紅
實感呢還抑或幻象
汝其知否濃濃的愛會嗆咳花魂
汝其知否人世太多的風霜波折

寒山寺的古鐘
敲入不朽的空門
緩緩地冷冷地
午夜是一條破船的遊子
航向不可知的彼岸

前身

前身合是採蓮人
門前一片橫塘水

涓涓長流的日子
不是詩，不是畫，不是夢
最平凡底靈魂
將傳統的江南凝聚
眼簾深邃憂鬱
我嗅到了生活
那麼堅定，那麼真實

歷史從火堆升起
吳宮臺榭

更有若耶溪哪春暖春深
指點江山之外
要買盡五湖煙水浪漫的傳說

固執一霎癡狂
讓山花插遍
讓纖腰輕挽
踏踏的馬蹄遠引
倩誰緊握歡樂的繮繩

撐一篙漲綠
寂寂的江心劃出
纏綿歲月，聽
該是採蓮兒女
依稀那迷人的古調

江南可採蓮
蓮葉何田田
魚戲蓮葉間
⋯⋯⋯⋯⋯
⋯⋯⋯⋯

四月征途

愛追隨所愛的人
直上到加爾瓦略山頂

艱辛四月之路
那濃濃血痰
嘔吐了整個耶路撒冷
低空戰雲瀰漫
救贖於可望不可即間
從古羅馬的鐵釘開始
釘緊恨和坦克

犧牲諷刺同其意義
日子奉獻在愚昧中
你失望了嗎
啊！異鄉的烏鴉
請忘卻戰城南底輓歌
別哀嚎十字架上
啄食人子的眼

彼愛情峰頂
俯視茫茫
碧海青天雲山日月
何必憐憫寂寞
願愛情偕汝
四月征途上招手永恆的微笑

黎明

最漫不經意當中
歲月已等同瀟洒遠去
何嘗要攫住一片彩雲
拂袖少年乃奉獻於昨日的生命

一粒棋子鑄刻了一霎滄桑
被擺佈可哀底命運
搭著中年的破船
任茫茫浩浩，八方風雨
瞻彼沒有渡頭的彼岸
殘局如謎
誰更決勝於成敗之外

黑夜跨過了纏綿夢界
燦一片春花的沃野
癡待著旭日紅輝
倘使晨光再現
誰是將來扮演的角色

嫦娥

憑甚麼啊偷吃靈藥
憑甚麼啊長守空溟
憑甚麼啊踐行月宮底承諾
憑甚麼啊究竟將來

東方載於舊約中
是否必然浩劫
十個烈目
一團恨火
你挑起被指派厄娃底十字架
用淚水浸潤無望
眼神乾枯稻田上
然而輪迴繼起

羿是無窮殘酷
人間是不平永無寧止

伴著永生底樹
吳剛砍不倒
砍不倒無邊寂寞
假如死亡別是安息
憑甚麼放棄選擇
人間天上天上人間
從錦瑟哭到後主
縱不為你
也得為年年苦難
為蒼生底無辜啊

擺脫生死仍擺脫不了纏綿愛恨
擺脫命運擺脫不了茫茫日軌星河
當銀蟾吐舌於圓圓之夜
便掙脫千秋枷鎖吧
這是再生開始
你該披上婚紗
咬一口西王母底蟠桃
你姍姍臨至……

荷葉

當綠葉披陰
季節如同愛情冷靜以後
好一幅淡綠潑墨
拔出了亭亭
蜻蜓從未輕颱的顫抖

懷抱了千般慈愛
母親虔誠底膜拜
盼彼剎那嬰孩臨降之際
交織於愉悅惝恍間
母親是最堅強的美
何嘗首肯命運底愚弄
　一株嬌荷幼嫩啊

如同載一個蓮蓬一個明朝底夢
瀼起田田漣漪田田的綠
輕灑著些微憂鬱
守護於百花零落而又虛幻的延續

遊大嶼山神學院

瞻仰十字峰頂
純潔是雨餘底綠
打原野流過
撕開了層層蒼翠
　　山路攲斜
從聒噪中喚醒沈寂

傘底藏納著
恆久一團惶惑
將來，那該死的軟弱
　　——不由自已

靈光黯盡
讓泃濛葬送
幻似落花千片
沈淪於千劫不復
提昇啊，提昇
竭盡底呼喊
從山山湧現

卻換來頹然仆倒

牧牛的神甫自荒山劈出
乾坤朗朗
透視現實之外
　寂寞的回響
讓迷失永瘥
該是神底抉擇

遲來的祝禱

有那麼一天
　一次遊戲
抽一根肋骨
換一個你
誰想到——
寓於平凡簡單裏
是痛苦綿延不斷

偶然嗎？還是必然
幸運嗎？抑或不幸

燙手的，因為熱烈
苦澀的，因為嫩青
電電劈出了混沌
風雨鑄不出火
光明在何處呀
愛情又在那裏

落紅有情
為了護花
春蠶吐血
為了絲傳
大化流行
瞬息幻變
彼無奈的哀樂中
你我不由自已

流淚了我們慰安
疲弊了我們攙扶
假如還有一點奢望
快樂便不該特地在某一天
　在年年月月
幸福不單緊抱著你
也緊抱著我

沈默的並非冷漠
遲來的也算祝禱

二柬

同飲著珠江水
同吸著嶺南風
遺棄於徐蚌戰場以外
那可詛咒的，抑可懷念的
我們同在五十年代走來
一次偶然的驚覺
命運竟如斯接近

挑起背囊
在陌生的路上
相遇了，離開，竟又相遇
變動的遭際，為甚麼
難道地球真是一個大圓圈

曾經，你想當一位隱者
曾經，我邁著浪子的舞步

你所等待，不
同於我所追盼
也許就靠這一點微妙的存在

往日的崢嶸漸隨同年輕遠去
珠江水沖擦掉一總的是與非
閃爍的清淚，那天車上
該滌淨所有罪過
憂鬱的臉龐，那晚家中
該加添多少內疚

生命的道路許是崎嶇的
孤獨無分今古
但是，你怕嗎
只要想到一份遙遠的思念
可以憑添無窮勇氣
今夜，你該酣睡

斷箏

讓寂寞從此遠去吧

一縷弦音，根本就
載不下生的哀愁
更何況那挑動的心曲

伯牙碎琴原不由自已
琴的本身並不是知音
那箏呢，依樣的古典，依樣的冷
愛情該燃燒於火中

三東

像牛毛，像花針
籠罩莽莽江山
濃與密底灰幕下
許又是清明近了
火車輾過不斷的輪迴
心頭的哀怨如何抹去
唉！愛是無情的使人衰老

曾是多少的夜，一條小狗伴著
街頭踽踽的幾縷淒清

不言不語的，你黯然西望
踱著隨著的何嘗有知
卻承受盡主人無聲的沈鬱
唉！愛在忘形中成胚了
艱難的歲月使人份外懷念

長蓮花的智慧於
千劫之外，總有一天
你會擦乾眼淚
然而也不是笑著

補作

月亮又圓一次了
可同上回瀟洒
遍野的黃菊
漫步於周歲之後
可記得驀然初遇的驚喜
命運似不該鑄為陳跡的
悲劇的陰影
為何總拂之不去

已涼時候，那十月再來的秋
掬一把山間的寒意
冷，冷吧！很冷
明年，您可知道

濠江寄小亞納生日

尋詩，在海的一端
那是月圓之後
另一個風暴之前

您不是花之神
我不是夢之身，鵲橋
跨海也只為了搭成錯誤的方向

剎那已足與永恆相抵
更何況那七百日的悲歡
大街小巷中，滿是熟悉的
一陣笑聲，一回耳語

今夜，您不要哭泣

讓遙遠的祝福流過
憑海風、潮響、星輝、月暈
那湧自心底一闋狂歌

記憶

西子湖畔螢火明滅
照亮了暗淡的波光
相遇的喜悅依然未變
日子化成了無盡的思念

藏在鷺江的記憶深處
七月的蠶蛹藏身於妝臺粉盒
絲絲縷縷破繭而出
裸露於陌生的荒原之中

玉簾

冬日早上的流花湖畔

圍圃中卑微的小花招展
六片的白瓣伸張
擁抱著一簾幽夢
怯生而又陌生的世界
你告訴我這樣美麗的名字

春深三月的時候
點綴於校園草地上的
冒出許多細碎的白花
懷著故人重遇的喜悅
過不了幾天卻蹤影全無的
人間的緣聚遙不可及

相逢在臺北

雨後擦身而過的
一道淡素的彩虹
孤懸在自由廣場的上空
遍地的陽光清爽亮麗

黃昏六時，灑過了幾點小雨

車子走過中正紀念堂
燕子飛飛，就這樣擦身而過的
也是一道消瘦寂寞的身影

不期而遇的故事
離奇曲折的電影橋段
相逢在臺北
今時今日，可能也就是今生今世

生命的書

帶來了生命的書
要送給那人的
卻留在闌珊燈火中
穿透了無常的過去未來

天空的彩虹，遠看
一位素未謀面的小孩
在破碎中重整生命
健康、勇敢，還帶著點自信

愛情接通了兩極的生命
天各一方的累積能量
在相遇中爆發
在思念中燃燒

夜訪方明詩屋

矗立鬧市中的心臟
從信義幹線到敦化南路
遠企的燈光映照一○一的煙火
臺灣欒樹在夜色中璀璨花開
走入六月的名門豪宅
葉珊與方明比鄰而居

繚繞著奶白的旋律當中
從臺灣詩壇走過
揭出一頁一頁的風霜
催生了夜巴黎的茶香妙韻

窗明几淨，琅琅詩聲
消受了人間彩麗競繁

忽然幻化出原始的洪荒景象
一幅褪色的油畫懸念
草色入簾青，思潮澎湃
生命的胎動此起彼伏永不寧息

撕裂

從炎熱的六月走到七月
城市氣溫不斷的冒升當中
綠化保育的聲音漸趨微弱
誰還可以抗衡霸權和財勢

逝去的年代蕭條的記憶
歷史往往選擇遺忘
撕裂了的城市餘下焦灼的躍動
誰也贏不了一場戰爭

人際的衝突尤為慘烈
現代人都不信任愛情
僵局持續發酵，似曾相識的畫面
為甚麼就不能妥協

給我一回信任
還君一道奇蹟

氣場

力拔山兮，推倒了
掌風凌厲的氣勢
揉成了細碎的
萬里長空，白雲片片

堅穩的巨廈屹立不倒
從兩旁卸去了衝力
跟著以一個華麗的轉身
拉扯的力量也就在汪洋中濺起巨浪

漆黑

好累，好想哭
漆黑中的絕望感覺

囚於病室之中
思考生命的悲情
逃不出陰晴圓缺，炎暑狂雷
而青春也快將消磨殆盡了

回顧早晨出來趕腳農村進城啊
長空晶瑩剔透
雲霞縹緲，安靜祥和
周旋於浮光掠影幻彩千般
在風雨中翩翩起舞
迎接崛起的青春

守候

逝去二千的日子裏
繾綣星空下
穿越了迷離夢界
建構出無限歡樂和狂想

天似穹廬，籠蓋四野
困在淺狹的時空中

恆久的冷戰沒完沒了
此起彼落的化成悲劇的宿命

明天你又再孤身上路
我還是寂寞的守候
玉簾花瑟縮於牆角之下
一塊共同耕耘的園地

除夕日聽童山師談黃金分割

除夕日斜，黃昏將暮，迤邐遊走於
和平東路二段的巷弄樓層，聽講
江南採蓮，魚戲蓮葉的華靡清光

透視古樂府的高情遠韻
撩動新詩款擺的身段
從大小兩組佈局渾成的比例中
呈現了黃金分割的審美奧義

1. 臘八日遙祭郝世峰先生次和周荐教授韻

臘八迎年仰古徒。英靈來饗信無辜。

死生度外千秋劫,權慾寰中魍魎湖。

暴起沙塵埋舊國,魂歸風雪撼神都。

天涯歲暮無窮恨,遙祭蒼茫愴一呼。

註:郝世峰教授原任南開大學中文系系主任,一九八九年夏遭受
　　撤職。

2. 癸巳春感

大澤龍蛇戰一時。天人交感悅新姿。

欣欣桃李春光急,蕩蕩乾坤日用危。

癸度四方行正道,巳懷三畏獻蕪辭。

艱難最是山河綠,京國陰霾劇夢思。

註:《論語·季氏》云:「君子有三畏:畏天命,畏大人,畏聖
　　人之言。」

3. 黑沙龍爪角

龍爪偶然露一痕。南天深處黑沙村。

嶙峋巨石鷥刀割，霹靂雄崖赤壁存。

衝浪海龜憑野岸，凌空鷹隼聽濤軒。

苦郎一樹花光膩，拂面風翻夕照昏。

註：苦郎樹又名假茉莉，乃岩邊叢生之灌木，碰上夏季開花，白
　　花五瓣，光潔明亮，笑意迎人，而海岸荒涼，亦為之增色
　　矣。

4. 補傘絕句

穿針引線巧彌縫。夜雨瀟瀟夢正濃。欲語無言悲徹骨，雲
山珠水誤霜鐘。

繡針密密意遲遲。一片癡心欲付誰。風雨迷離撐瘦骨，天
涯羈旅鎮相隨。

微黃月暈暮雲藍。夜幕柔鄉色已耽。卷地風雲摧雨葉，憑
君持傘可包涵。

一水微茫隔鷺江。幾回離合影難雙。東門夜雨君歸去，補
傘殷勤待曉窗。

5. 袁崇煥

英雄去後山河改，豪語猶存東莞園。
國事頹唐君莫問，天心搖落苦難言。
揮軍直下遼東略，守土寧堪禁苑門。
賴有嶺南魂不滅，千秋忠義振乾坤。

6. 癸巳中秋

九載清宵月最圓。好憑仰角探嬋娟。
蒼茫漸惹思歸恨，碧海荒天野渡船。

註：今年中秋月乃九年來最大，蓋距地球亦最近。香港月上中天
　　時間 24 時 22 分，位於正南方，仰角達 70 度全晚最高。

7. 北京重陽詩會

燕雲秋色醉重陽。文史傳承閱眾芳。
雅韻山河新氣象，清暉星月燦流光。

四中詩會風神秀，百感人生木葉蒼。

世紀折騰歸正脈，飛翔浩宇噦鸞凰。

註：癸巳重陽日出席中央文史館當代中華詩詞學術研討會，晚上
　　在北京市第四中學舉行重陽詩會，學生朗誦詩文作品，並由
　　專家學者即場點評。

8. 天津絕句

天津半日訪劉君。迎水樓臺酒半醺。租界閒穿英意法，曹
禺雷雨飲冰雲。

新會天津兩故居。上書求變會公車。幾回坐立園中像，南
北奔忙字卓如。

萬公館內小洋樓。戲似人生百感憂。雷雨星輝觀日出，茫
茫原野幾經秋。

海河重振老龍頭。世紀風雲意未休。破浪迎風通遠道，鐵
橋浮夢蕩扁舟。

註：天津社會科學院劉宗武先生伉儷約聚於迎水道酒樓，並導遊
　　梁啟超故居及曹禺萬公館。

9. 東坡赤壁

千古行吟幻亦真。長堤遙隔大江濱。
東坡隱約尋遺跡，赤壁登攀欲問津。
棲鶻危巢蕭瑟意，羽衣顧笑寂寥身。
山川日月無常主，渺渺予懷望美人。

10. 祭鱷臺

嶺海迢迢路八千。蟲魚盤據海天連。
涵淹卵育潮州地，教化銷憂后土田。
鱷渡秋風思過客，淮西碑石仰鴻篇。
元和聖德恩威並，韓水臺高刺史賢。

註：韓愈〈祭鱷魚文〉云：「鱷魚之涵淹卵育於此，亦固其
　　所。」涵淹，潛伏也；卵育，生息也。又云：「鱷魚其不可
　　與刺史雜處此土也。」「且承天子命以來為吏，固其勢不得
　　不與鱷魚辨。」則鱷魚侵佔中土，實與藩鎮割據無異；宜與
　　〈平淮西碑〉同讀，重申中央政府之威權，義正辭嚴。

11. 除日寄遠

一角天涯閱歲寒。有人徙倚碧琅玕。
山中猿鶴歸來後，海上星雲帶笑看。
除日有情憐既往，相思此夜憶無端。
何時虛幌臨雙照，馳騁驊騮路亦寬。

12. 甲午感事

歲序縈迴百二更。釣臺春漲海波傾。
頻煩機艦穿梭過，寂寞鯨豚躍水迎。
甲冑凌雲抒壯氣，午駒騰日叶修平。
江山花鳥非無主，不許強鄰倚鼾聲。

13. 白雲雅集和曾敏之詩意

沿江高速到羊城。喜結文緣會眾英。
甲第新姿春淡蕩，午糧瓊液漾空明。

相逢耆舊情懷壯，展卷風濤筆力擎。

杯酒一時湖海闊，白雲賓館暢浮生。

註：甲午正月初四日，隨黃維樑、陳婕侂儷開車走新建廣深沿江
　　高速赴廣州午宴，席上曾敏之以五糧液賀歲，並贈新著《沈
　　思集》、《寒暉集》二種。同席許翼心、黃漢聞、潘夢圓
　　等。

14. 琉球

海上明珠燦島弧。櫻花如雪映珊瑚。

菊刀未抵興亡恨，鷹犬相侵勢力孤。

萬國津梁稱守禮，飯田橋主黯捐軀。

古村恩納浮潛去，綠草如茵枝葉敷。

註：琉球國舊為東北亞和東南亞貿易中轉站，號稱「萬國津
　　梁」。那霸守禮門區額題「守禮之邦」四字。末代國王尚泰
　　及王子尚典遷居東京飯田橋寓所，抑鬱以終。

15. 如夢

如夢林華一夢如。西湖煙樹識君初。

桑榆未晚傾懷抱,網絡深宵託簡書。

南站迷離光影亂,紅樓咫尺水雲虛。

此身重有梅花約,秦嶺寒盟白雪居。

註:粵語「重」讀去聲,意即「尚有」、「還有」。

16. 奉賀韋如、致德花月佳期

連理新諧絕世姿。韋如致德賦佳期。

茫茫人海修情份,淡淡星河映畫眉。

曼谷園林甘苦共,蓬瀛仙侶歲華宜。

文章錦繡精雕巧,乳燕騰飛一卷詩。

註:陳韋如散文多見載於臺灣報刊,而李致德則在曼谷任職。

17. 十分大瀑布

十分瀑布十分嬌。兩岸青山漾翠翹。
激浪奔騰衝水幕，行雲縹緲散煙綃。
清涼霧縠人間世，閃爍波光歲月迢。
洗盡凡塵聲色外，天燈冉冉落瓊霄。

註：十分大瀑布在新北市平溪東北基隆河上游，河水層層塌落，
　　構成梯田狀湖面，近日雨量較多，瀑布聲勢浩大，尤為壯
　　觀。瀑布衝落湖面，化作輕綃霞縠，撲面即有新沐之感。平
　　溪燃放天燈，往往飄落山水之間。首句「十分」，前者乃地
　　名，後者為狀語，意義不同。

18. 撕裂

公義如今信幾分。人間撕裂不堪聞。
智珠各握龍蛇舞，寶劍凝寒玉石焚。
海峽潮狂吞浪急，寰球火熱治絲棼。
乘桴久已無出路，蕩蕩洪流仰聖君。

19. 政府總部建設防禦圍欄

政總圍欄圍政總，高牆雞蛋隔民情。鳥籠自閉先囚己，滾熱江湖恨費聲。

維港迎風八面開。廣聆民意納賢才。緣何紫禁門先閉，北極風濤滾滾來。

20. 甲午七夕

八月初吉連七夕。計程已抵長安驛。銀漢迢迢隔南北。五十步笑百步逼。仰望藍天秋草碧。洞庭水闊無顏色。柔情百煉成追憶。鴛侶同偕三生石。此生豈願長為客。虛幌闌干淚霑臆。

21. 小說家言

抗爭無助共識。認命方為上策。一切聽任安排，香江和諧安樂。

旨哉財爺斯言。紅樓一夢高軒。請看訪民絡繹，貪腐日日新鮮。

經濟何足掛慮。人人懂得自處。整體流動公平，千秋文明建樹。

假設江湖一統，朝廷水滸誰分。山寨階級內定，金瓶梅館朝昏。

貧富懸殊兩極。劃房價超豪宅。普選先行袋住，今日興言愛國。

世上已無歪理。風雲蕩蕩難已。群猴大鬧天宮，三國群雄並起。

22. 滎陽劉禹錫墓

東方龍象夢豪園。陋室新修亦雅軒。
繚繞池塘荷豔發，羊腸步道鵲相喧。
牌坊十二流年逐，柱石方圓舊穴存。
桃樹多情人亦老，玄都觀裏坐朝昏。

23. 過鴻溝霸王城

一劃鴻溝隔兩軍。楚河漢界夙知聞。
棋盤擾攘兵車老，天命依稀王霸分。
草木潛藏森列戟，山河鼎拔豈疑君。
山頭喊話悠悠綠，聒聒鴉飛惹陣雲。

24. 題唐顥宇《藍朱詩草》

玉蕊嬌姿上苑花。謫來下界探文華。
藍橋朱雀癡心織，沁水檀山舊夢遐。
淡淡星妃迷日月，緋緋紅粉舞清嘉。
玉溪心事靈犀合，一寸相思一寸賒。

註：唐顥宇極嗜李商隱詩，其〈哭義山墓〉二首之二詩云：「我
　　願生為沁陽妾，一生長守義山墳。」迷戀程度跡近瘋狂耳。
　　又李商隱墓地分別在沁陽市、博愛縣、榮陽市三處。

25. 題伯元夫子和
蘇詞彩箋墨寶一卷

紅藍黃綠鑄華章。墨瀋淋漓手澤香。

一卷清光星月老，十年雅詠路途長。

東坡有約憐知己，章貢重回閱海桑。

故國多情人世換，沙鷗何處不翱翔。

註：戊辰冬日，伯元夫子重返香江講學，約和東坡詞，每成一
　　闋，即以各色彩箋寫贈，今將原稿輯為一卷，墨瀋淋漓，亦
　　不勝滄桑之慨矣。伯元夫子生於江西贛州，乃章、貢二水合
　　流之地。

26. 題早川太基燕園之歌

久仰雄文悅太基。詩詞駢賦笑談麾。

江西血脈千秋骨，富士芙蓉絕代姿。

結客少年參聖訓，暢春彩蝶蕩清漪。

中華大地通南北，佳日相逢酒一卮。

註：早川太基來華讀北京大學，入錢志熙教授門下專治黃庭堅詩
　　文。近年在中華大學生詩詞大賽中屢獲佳績，夙著雄名。

27. 韓國安東晨興絕句

紅黃雙豔倚陽臺。百媚千嬌睡眼開。江上朦朧秋霧湧，飄然又到安東來。

霧散雲開秋氣清。洛東江岸乍鮮明。紅霞一傘櫻花樹，漫步紛披踏葉聲。

28. 周莊

午後訪周莊。華亭舊水鄉。

雙橋圓拱洞，一棹水天長。

滋味憐張翰，迷樓賦楚傖。

吳宮芳草遠，斜日靜生香。

註：陳逸飛油畫〈故鄉的回憶——雙橋〉蜚聲國際。一九二〇
　　年，柳亞子抵周莊，與葉楚傖等唱酬於迷樓，編為《迷樓
　　集》。其後葉楚傖為新南社起草〈發起宣言〉。

29. 香江近事

寒流滾滾下荒灘。龍戰玄黃血未乾。終是浮雲遮白日，忽
然勁草顯忠肝。翻天自有衝宵志，背水何期退路寬。夜夜
繞場魂不滅，風塵擾攘保衣餐。

弱草何能惑聖聰。語言偽術逞奸雄。靈猴肯懼金箍咒，雨
傘同心毒霧攻。網絡啟蒙翻國教，公車難越苦幽衷。卅年
普選卑微願，大道相期血脈通。

30. 元旦日沈秋雄兄約遊臺中

元旦臺中金典遊。兒童樂聚語啁啾。
驅馳后里單車路，滾落飛牛細草柔。
樹木蔥蘢清氣爽，夕陽燦耀野煙浮。
牧場漫步沾山翠，夜向龍潭滋味留。

註：元旦日隨沈秋雄兄來臺中，住金典商旅。同行者宙儀、哲洲
二家，孫輩五人，先抵后里騎單車騎馬，翌日赴苗栗飛牛牧
場，兒童從斜坡草地滾下。晚上龍潭夜飯。

作｜者｜簡｜介

潘麗珠 簡介

作者近照

- 一九五九年生於臺北，臺灣師範大學文學博士，現任臺灣師範大學國文系專任教授（1999.08 迄今）。
- 經歷：

  新加坡華文教育研究中心客座教授（2011.02-07）

  韓國啟明大學中文系 2009-2010 客座教授

  荷蘭萊頓大學漢學院 2004-2005 訪問學人

  臺灣師範大學人文教育研究中心主任（2007.05-2009.07）

  臺灣教育部九年一貫國語文教材編審委員（2000-2010）

  教育部詩歌吟誦創意教學研究計畫主持人（2000-2005）

  國科會「國中國文教師課程意識及教學實踐研究」計畫主持人（2003-2005）

  文建會「咱的歌詩──臺灣學者詩歌吟誦專題網站」計畫主持人（2007-2008）

  僑委會《一千字說華語》及泰國版華語編修委員

  臺灣 2007、2009 大學指定科考國文科作文閱卷副總召集人

  南京大學文學院（2009/04-05）、北京師範大學教育學院（2010/10-11）短期講學

溫世仁文教基金會偏遠地區閱讀推動計畫經典閱讀組主持人

《圍攻錯別字》獲「好書大家讀／優良少年兒童讀物」獎
（2011）

《文言文典源》獲「文化部優良讀物」獎（2013）

- 著作：

《現代詩學》、《清代中期梨園史料評藝三論研究》、《雅歌清韻──吟詩讀文一起來》、《千禧龍吟──詩文聲情之美》、《創意國語文教學活動設計》、《國語文教學有創意》、《古韻新聲──潘麗珠吟誦教學》、《如何閱讀一首詞》、《閱讀的策略》、《情境式創意作文》、《圍攻錯別字》、《文言文典源》、《非問不可》、《非讀不可》等等，散文集《青春雅歌》、《我的玉玩藝兒》。

- 專長

詩詞曲美學、戲曲、文學評論、國語文教材教法、古典詩文吟誦、現代詩朗誦、語文閱讀策略、寫作教學、創意教學等，1991 年開始極力推動詩歌吟誦活動迄今。

·古 典 詩·

古典詩

少年遊二首

霜天露濕逼寒窗，曉色淡如妝。依依楊柳，娟娟團扇，夢
寐冷馨香。　　輕聲問汝今知否，離別苦神傷。青青蔓
草，悠悠逝水，白髮費思量。

夜風似水月如霜，燈冷透肌涼。詩書在握，音聲朗朗，紙
墨盡傳香。　　居仁由義吾家事，勤鑄好辭章。寂寞如
何，憑誰說去，松柏自芬芳。

長相思二首

柳絲長，柳絲長。頻倩東君映碧窗，前塵兩鬢霜。
意難忘，意難忘。夜夜殘燈照夢床，何時歸故鄉？

玉琳琅，玉琳琅。夢裡聲聲思念長，燈殘夜未央。
訴衷腸，訴衷腸。花落花開幾度香？春回響躞廊。

南鄉子‧往星洲逢故友

三萬呎高空，不見雲層只見風。鵬鳥凌雲誰可得？神工，五至星洲意興雄。　　故舊又相逢，喜爾平安似猛龍。猶憶當年來論劍，唯儂，折服群豪第一紅。

南鄉子‧記星洲演講，用前韻

往事未成空，古典辭章古典風。教化華文心力用，勤工，同好群齊壯志雄。　　舊友喜相逢，桃李成蹊已鳳龍。吟誦詩書傳聖道，憑儂，光照星洲萬古紅。

一剪梅

諸事紛紛擾夢長。沉浸詩書，幽徑流芳。蘭亭金谷令名香，畢至群賢，一解憂傷。　　誦讀歌吟第一強。賦也琅琅，詞也琅琅。隨心謠出韻天成，聲色叮噹，曲調昂揚。

清平樂・台北雨連下數日，有感而填詞一首，用詞韻第四部。

連連陰雨，峭寒冬風駐。礙得行人難寸步，頗怨蒼天無故。　由來心境怡如，並非外在寬舒，詩酒書茶隨意，好山好水好居。

清平樂・記淡江大學文學與美學學術研討會

以文相遇，多少群賢聚。學術驚聲思辨語，宜劍宜詩宜晤。　喜逢師友安居，笑談過往徐徐，雲破日來光照，淡江書海游如。

清平樂‧新加坡與友人敘舊，
用詞韻第四部。

星洲憶故，往事何從數？淡淡斜陽芳草綠，宜酒宜詩宜住。　髮華歡聚如初，暢談耕讀樵漁，今夜不眠不醉，曉風殘月燈書。

行香子‧記 2013 年台大台灣文學所
周夢蝶先生國際學術研討會奉贈夢蝶先生

夢蝶周公，現代詩宗，字成韻、雪火交融。還魂孤獨，屹立如松。鍊詞凝悲，佛心在，菊芳濃。　哲思鑄苦，意態從容。重然諾、千歲恆同。婆娑世界，風耳樓中。淡泊先知，峨嵋上，一儒翁。

青玉案·記澳門演講

友朋相約欣來此，舊時地、尋桃李，昔日芳菲今更美，澳門賢棣，暢言一室，歡趣何能比。　談書論道尋知己，閱讀為題剖情理。路轉峰迴添異喜。朝陽鳴鳳，詩文天地，朗朗乾坤醉。

西江月·香港行看玉尋寶樂，用韻第五部

白玉無瑕無價，和闐羊脂尤佳，琳琅清韻響和諧，盤握經年顯采。　靈秀山川如在，天然瑪瑙歡哉，香江尋寶引詩才，喜賦辭章百代。

西江月‧新加坡錄音前夕，贈華僑中學諸弟子，用詞韻第五部

誰道聲情難度，有心可掃陰霾。辭章何患費疑猜，如鯨遨遊書海。　朗誦詩歌愉悅，黃城夜韻歡哉。華中學子勤剪裁，綻放星洲光彩。

八聲甘州‧退出中央輔導團有感而作

對青青柳色映江頭，執手望行舟。幾番風雨歇，幾番繾綣，幾度凝眸。唯見長江浩浩，逝水總悠悠。濁浪爭知我，欲語還休。　臨別斜暉夕照，世間人不信，此去雲浮。嘆山川無盡，萬里苦淹留。便依依、如何堪受？眼含霜、直把淚痕收。難行路、嘯猿催發，殘月當樓。

水調歌頭

今日落梅盡，對影實傷心。白頭相望時節，欲語卻輕吟。無奈高歌慷慨，誰識英雄豪傑，何處覓知音？松柏後凋也，千載雪深深。　　意踟躕，登樓望，雨霖霖。淒風呼嘯，銀釭獨照冷衣衾。回首花開花謝，柳絮朝飛庭院，惆悵怎堪尋？暮捲雲霞夢，孤館夜聽琴。

沁園春・筆耕有感

犁鑄書田，墨染銀鉤，立意剪裁。魅影詞聲在，挑燈覓句，搜腸索肚，霧罩樓臺。擊節推敲，風煙四起，戰鼓頻催驚夢來。靈光現，乍破銀瓶處，如到蓬萊。

神思即是詩才。總難料花開忽滿懷。笑傲文字海，一朝一夕，一山一鳥，自有安排。亂石穿空，星垂平野，婉約雄豪盡可偕。爭知我，愛清歌雅韻，江闊雲開。

永遇樂・期末興嘆

如箭光陰，流金年歲，千萬言語。俯仰乾坤，婆娑日月，筆墨流連處。曾經蒼海，三千弱水，憑誰識魚龍舞。暗香浮、昏黃淡月，幾多春傷秋苦。

青青柳色，丁丁琴韻，一柱一弦為汝。執手相看，離人心上，情字歌何阻。錦簾難捲，枕寒衾冷，鐵硯磨穿如許。君知否、孤燈獨照，滿城雨霧。

連日陰霾

連日陰霾出太陽，行人笑臉自芬芳，從來不曉東君樂，自此無傷暗夜長。

賦七絕贈星洲華僑初級學院諸子
十二首之一贈瀚暉

來到星洲談吟誦，華音錦瑟喜相逢。瀚暉今日真神氣，主席原來是猛龍。

之二贈宜幸

詩歌朗誦顯神通，宜幸書田日有功。他載相逢憶往事，蒼松喜已化為龍。

之三贈靖淞

周郎赤壁韻悠揚，朗誦聲情氣勢昂。今日華中初識汝，靖淞另日更翱翔。

之四贈逸明

音聲朗朗勢如虹，情韻揚揚顯耳聰，公謹誦詞聽者喜，逸明攝影是豪雄。

之五贈若琳

音韻鏗鏘來朗誦，若琳佳嗓動群英。金聲玉振長歌去，明日青雲任我行。

之六贈聖琳

〈心跳〉聞聲知傑作，聖琳短訊顯真情。華中子弟緣相識，惜別黃鸝翠柳鳴。

之七贈勝楠

勝楠字跡有佳名，語句依依送別情。錦瑟華音為信物，來年猶憶讀詩聲。

之八贈石琛

譜曲高吟驚四座，石琛能比謝家才。弦歌韻律非難事，文學聲情豈後栽？

之九贈毓芸

毓芸歡笑最開懷，允武允文棟梁才。朗誦詩歌教學妹，疑為天女下凡來。

之十贈美諭

美諭讀詞真投入，深情款款動人心。譬如清照依稀在，覓覓尋尋是知音。

之十一贈雯茜

雯茜朗讀用真心，句句聲聲顯熱忱。今日誦詩勤鍛鍊，來年定得放歌吟。

之十二贈盧韜

盧韜高唱燕歌行，氣勢雄渾頗動聽。婉約深情善刻畫，美聲天籟是明星。

記臺灣師大國文系詩歌吟誦系隊
在中華好詩詞節目錄影

衛視冀台好節目，國文系隊唱蒹葭。中華古典詩詞好，千載芳暉億萬家！

賀歐師用生七十壽誕

初識歐師英氣發，課程教學美豐容。蘭梅化育千秋雪，桃李栽成萬丈松。破竹筆耕潮海勢，經霜墨走山川龍。憑誰去說淵明事，後續花開無數冬。

文化生活叢書·詩文叢集 1301023

並蒂詩林

作　　者	徐世澤、張夢機	
	邱燮友、許清雲	
	黃坤堯、潘麗珠	
責任編輯	吳家嘉	
發 行 人	陳滿銘	
總 經 理	梁錦興	
總 編 輯	陳滿銘	
副總編輯	張晏瑞	
編 輯 所	萬卷樓圖書(股)公司	
排　　版	菩薩蠻數位文化有限公司	
印　　刷	晟齊實業有限公司	
封面設計	菩薩蠻數位文化有限公司	

發　　行　萬卷樓圖書(股)公司
臺北市羅斯福路二段 41 號 6 樓之 3
電話 (02)23216565
傳真 (02)23218698
電郵 SERVICE@WANJUAN.COM.TW
大陸經銷
廈門外圖臺灣書店有限公司
電郵 JKB188@188.COM

ISBN 978-957-739-939-7

2015 年 5 月初版
定價：新臺幣 500 元

如何購買本書：
1. 劃撥購書，請透過以下帳號
　帳號：15624015
　戶名：萬卷樓圖書股份有限公司
2. 轉帳購書，請透過以下帳戶
　合作金庫銀行 古亭分行
　戶名：萬卷樓圖書股份有限公司
　帳號：0877717092596
3. 網路購書，請透過萬卷樓網站
　網址 WWW.WANJUAN.COM.TW
大量購書，請直接聯繫，將有專人
為您服務。(02)23216565 分機 10

如有缺頁、破損或裝訂錯誤，請寄
回更換

版權所有·翻印必究
Copyright©2014 by WanJuanLou Books
CO., Ltd. All Right Reserved
Printed in Taiwan

國家圖書館出版品預行編目資料

並蒂詩林 / 徐世澤等合著.
　-- 初版. -- 臺北市：萬卷樓, 2015.05
　面；　公分. -- (文化生活叢書)
ISBN 978-957-739-939-7(平裝)

831.86　　　　　　　　104007616